メディアワークス文庫

ソーシャルワーカー・
二ノ瀬丞の報告書

吹井 賢

目　次

終わりの要件

思うに、「大人になる」ってことは、「目に見えない〝誰か〟の存在を知る」ってことだろう。

子どもの頃は自分の見ている景色が世界の全てで、世界は自分を中心に回っていた。それが錯覚だと知るのは小学校高学年くらいかな。少なくとも、中学を出るまでにはそんな考えからは卒業して、高校生にもなれば、大抵の人は自らの平凡さや普通さを思い知ることになる。大学や専門学校に進学すれば、周囲に合わせ、要領良くやっていくのが一番になって、就職した後には毎日の仕事をこなすのに手一杯、結婚して子どもができれば、子育てにてんてこ舞いのはず。

そして、そんな風に成長し、大人になって過ごす中で、僕達は目に見えない〝誰か〟の存在を知るんだ。

日々の仕事に忙殺され、私生活の悩み事に頭を占拠されていると、ついつい忘れがちになってしまうけれど、この社会に生きる誰もが〝誰か〟のお陰で生きている。

仕事終わりにコンビニで買う缶ビール一つとっても数え切れない人間が関わっている。そのことに、つまり流通に携わる人々全員にイチイチ感謝すべきだとは言わないけれど、自分がやっているつまらない仕事も、この社会で生きる〝誰か〟の生活を支えていると考えれば、少しはマシに思えてくるんじゃないかな。

……まあ、僕は自分の仕事を「つまらない」だなんて思ったことは一度もないんだけどね。

大人になる、ってことは、目に見えない〝誰か〟の存在を知るってことだけれど、普段は意識せず、よく知らなかったとしても、頭の片隅に、僕達みたいな仕事をしている人間がいることも覚えておいてほしい。ほんの少しでいいからさ。困った時に頼ってくれたら更に嬉（うれ）しく思うよ。

僕は二ノ瀬丞（にのせじょう）。ソーシャルワーカーだ。

困り事を抱えた〝誰か〟を、手助けする仕事をしている。

就職して二年目の夏になると、大学時代も「今や昔」だ。

恒例行事の書類作成といった毎年行われる業務は、「去年度のものを見つつ、教えてもらったことを思い出して作ればいいな」と、問題なくこなせるようになる。それ以外の職務に関しても、通年で行っているお決まりの仕事ばかりなので、肩の力を抜いて仕事ができるようになってくる。

一般企業だと勝手が違うのかもしれないけど、僕は一般企業に就職したことがないから分からない。多くの食品メーカーは毎年のように新商品を出すけれど、毎年のように新サービスを始める市役所があったら、きっと住民はパニックだ。

……僕が勤めているのは市役所ではなく、町の社会福祉協議会なんだけど、『社会福祉協議会』なんて団体、知らない人にとってはお役所の分署みたいなものだと思うし、そう理解していただいても全く構わないと考えている。個人的にはね。

僕も大学で社会福祉を学ぶ前はそういう認識だったことだし。

そんな京都の私立大、R大学に通う学生だった二ノ瀬丞は、K町社会福祉協議会のソーシャルワーカーとなっていた。

『ソーシャルワーカー』とは、対人援助職の一つだ。生活の中で実際に困っている人々や生活に不安を抱えている人々のお手伝いをする仕事。……って訊かれたら、説明するけど、イマイチ分からないよね。

そして、ソーシャルワーカー二年目の僕は、事務所の隅に設置されたパソコンデスクに座り、キーボードを叩いていた。

K町社協公式サイトの更新中。

社会福祉は、その性質上、どうしても高齢の方からの相談が多いし、そういった方は回覧板や口コミで情報を得ているんだけど、若年層には「スマホで検索したら出てきたので相談に来ました」という人もいる。

尤も、今打ち込んでいるのは、「高齢者向けスマホ講座のお知らせ」。若者が来るはずがない。

でも、こういった地道な広報活動はバカにできないもので、息子さんや娘さんがスマホで得た情報を親御さんに共有し、相談に繋がるといったケースもあったりするのだ。逆パターンも然り。

ここ、京都府K町は人口二万人もいない小さな町だけど、それだけに口コミの力は侮れない。

ソーシャルワーカーになって実感したことの一つは、丁寧な対応は相談に繋がる、ということ。

当たり前だよね。高圧的であったり、慇懃無礼な態度の職員に対応されたら、行く気はなくなる。当然、「あそこに相談してみたら？」と友達に紹介する気も。

それだけは一般の企業さんと同じかもしれない。

◇

課長から声を掛けられたのは、新しいお知らせ、つまりは、ボランティア団体が実施するイベントと、K町社会福祉協議会の求人を打ち込み終わった、ちょうどその時だった。

労務責任者である次長の直々の指示で、求人案内の更新は僕の役目だ。多分、パソコンが扱えて、他に暇な人がいないからやらせてるだけだと思うけどね。田舎のお役所は、Ｗｏｒｄで文書を作れるだけで褒められる場所だ。デジタルネイティブとかいう世代が入ってくるのはいつになるのかな。

僕は「はーい」と返し、事務所隅のパソコンデスクから立ち上がる。

……これはきっと市役所や、それに近い職場でのあるあるだと思うんだけど、ちょっとの調べものでも外部接続用のコンピューターを使わないといけなくて、手間だよね。

行政のような、膨大な量と種類の個人情報を使う職場では、個人のパソコンと、検索・印刷・データ受け取り用のそれは、完全に分けているのだ。普段使いのパソコンはネットに接続しないようにしている。

情報漏洩防止のための一番簡単な対策。「ネットに繫げない」。スタンドアローンってやつ。お陰でこの職場には、業者さんに初期設定だけされて、中身は何も入っていないクラウドがある。

僕は共用パソコンをスリープ状態にすると、朝からスーツのジャケットが掛けっぱなしな席に戻る。座ったままでいいよ、と言われたので、そのまま腰掛けて、クリップファイルを開いた。

「ごめんね、忙しかった？」

右斜め前から、草内課長は問い掛けてくる。

二十代の新人社員にも見える彼女は、その実、四十前の二児の母であり、この道十年以上のベテランだ。外見の若々しさからは想像できないほど、確かな実力を持つ人物で、僕も素直に尊敬し、慕っている。

「いえ、全然」

「なら良かった。ニノ君、夏目さんって知ってるっけ。中央地区の住宅街に住んではる、夏目京子さん」

「貸付の記録で見た覚えがあります」

「そうそう、その夏目さん。その夏目さんから、また相談が来てて、前回は私が対応したんやけど、今回は二ノ君にやってもらおっかなって」

「一人でですか？」

「一人で」

……不安だな、という言葉を呑み込む。

自分が主担当になることははじめてではない。けれど、今までは僕が主担当、副担当に課長、という構図だった。だから、一人で担当するのははじめてになる。勿論、支援方法について、相談することはできるけど。

ボランティア団体に頼まれて、チラシを作るのとは違うわけで……。

「私達は医者ではないから、自分のミスで誰かの命を奪ってしまうことはない。けれど、自分のミスで、誰かを不幸にしてしまうことはある」。大学の頃、福祉論で聞いた言葉。今の僕の座右の銘でもある。

課長はにっこりと笑って続けた。

「夏目さん、凄く人当たりも良いし、二ノ君なら大丈夫じゃないかな。もちろん、私もフォローするから」

ほっこりしそうな仕事だ。

◇

スズキ・エブリイを空き地に停め、夏の日差しに照らされながら、事前に調べた住所へ向かった。

はじめて見た夏目さんの印象は、「どこにでもいそうな、でも、どこか品の良い感じのするおばあちゃん」だった。

電気代を節約するためだろうか。それとも、足腰が悪く、寝ていることが多いせいだろうか。薄暗い平屋の一室。ベッドに寝ていた夏目さんは、来訪者である担当ケアマネジャーと、その隣にいる僕を見ると、ゆっくりと上体を起こした。

担当のケアマネさんは、夏目さんの傍に近付き、その耳元で言った。「夏目さん！ごめんね、寝てる時に来て!!　こちらが、前にお話しした、社会福祉協議会のソーシャルワーカーさん！」。

大きな声だった。

事前に共有されていたアセスメントシートに「聴力が衰えている」との記述があったことを思い出す。今日は挨拶に訪れただけだけど、自己紹介だけでも、中々大変そうだ。

ケアマネさんと位置を交代する。今度は僕が大声を出す番だった。

「はじめまして！　社協の者です！」

そう告げると、夏目さんは僕の顔を見て軽く頷き、

「こんにちは。わざわざありがとう」

と、控えめな声量で言った。

僕はまた、大きな声で自分の名を名乗り、自分の仕事、つまり、生活上の全般的な相談に応じていること、担当ケアマネさんから話は聞いていることを告げ、

「今日は自己紹介に来ただけなので！　また後日！　詳しくお話を聞かせてもらえたらなと思っています！　ええですか⁉」

夏目さんは再度僕の顔を見ると、「よろしくお願いします」と返し、拝むような仕草をしてみせた。

◇

事務所に戻った僕は、アセスメントシートを再度見てみることにする。

この『アセスメントシート』はＡ４二枚ほどの用紙の、福祉職や対人援助職では大抵使われているもので、相談者の名前、生年月日、年齢、住所、連絡先といった基本

的なデータから、疾患名、障害者手帳の有無、日常生活における自立度、生活歴、既往歴、現在利用している福祉サービス、繋がっている機関……、といった専門的な内容まで、支援に必要な情報が書き込まれる。

社会福祉協議会のソーシャルワーカーの業務は、「住民の相談に乗り、支援を行うこと」などと紹介されたりするけれど、実のところ、相談経路の半分は住民以外、関係機関からだ。大抵は、役所か、介護保険関係の事業所や施設から。夏目さんもまさにそうで、夏目さんの担当ケアマネさんから相談が入った。

相談内容はシンプルだった。「生活費が足りない」。ヘルパーを利用しているのだが、その利用料も滞納状態にあった。食費を切り詰め、様々な出費を一ヵ月遅れ、二ヵ月遅れで払いつつ、どうにか生活している。そういう生活状況の方だった。

前回の相談の際には草内課長が対応しているが、その時もやはり、生活困窮についてだった。

もう一つ、致命的な問題があった。生活費を下ろす足がない。

夏目さんは既に、自宅内を歩き回るのがやっと、という具合で、とても銀行までお金を引き出しには行けない。タクシーでも利用できる金銭的余裕があれば別だが、前述の通り、お金に困っている方だ。それに、足腰の状態的に、一般的な乗用車の乗り降りも難しいだろうと聞いていた。

一般的に、そういった、つまり、足元に不安がある高齢者さん向けの移動手段としては、「福祉タクシー」と呼ばれるものが存在している。普通よりも車高が低くて、乗り込みやすいんだとか。でも、タクシーではあるから、やっぱりお金のない人は使いにくい。

徒歩十分の場所でタクシーを使うのもなんだかなあって感じだしね。

ケアマネさんから送られてきたアセスメントシートを脇に置き、「今まではどうやって生活費を引き下ろしていたんですか？」と課長に問うと、「近所の人が代わりにやってくれていたらしいよ」という答えが返ってきた。

「それが、今後は難しい？」

僕が訊くと、課長は長い髪を纏め直しつつ、「難しくはないんだけどね」と言葉を濁した。

聞くに、夏目さんは体裁を大変気にする方らしく、近所の方が生活費を下ろしに行ってくれた際にはガソリン代を出しているという。額は五千円。ほぼ必ず。

食費を切り詰めて、ヘルパーの利用料や、公共料金を滞納している状態で、五千円のお札は厳しいものがある。

現状について、担当ケアマネさんはこう語った。

『うちへの滞納については、僕は別にええんやけどな。困るんは社長だけやし。ただ、できるならその車代を食費に回してほしいんやわ。そうやないと体力が落ちてくからな』

なお、社会福祉協議会の配食サービスも利用しているのだけど、そちらも滞納していた。

次長に確認しに行くと、

「夏目さんの滞納？　ああ、あったな。……ええよ、それは払える時で」

という端的なお言葉を頂戴できた。

この世は意外と義理人情で回っているなあ、などという、バカな感想を抱く。

これは「彼女の周りの人が優しかった」という美談じゃない。ごくごく単純に、数千円の代金を払えない利用者というのは有り触れているというだけの話だ。支援する僕達の側はこういう事例に慣れちゃってるってこと。悲しいことにね。

それに、そういった貧困状態にある人の手助けをするために、僕達のような職種が存在している。

「じゃあ、とりあえずは家計の見直しと、生活費を引き下ろす手段の検討でいいですかね？」

僕が問い掛けると、課長は、よろしく、と微笑んだ。

ない袖は振れない、という言葉があるけれど、貧困状態の高齢者はまさにそうだ。収入は年金しかないのだから、入ってくる年金内で生活をやりくりしていくしかない。そのやりくりが難しいのならば、それを手助けするのが僕達の仕事。

僕は夏目さんの自宅に通い、生活状況の聞き取りを行った。

玄関前に隠してある鍵を使い、扉を開け、部屋に上がり込むという、第三者から見れば空き巣としか見えない行為にもすぐ慣れた。夏目さん宅には電話がなく、外から呼び掛けたのでは夏目さんの耳に届かない以上、仕方ないこと。

……あんまり、選びたくない方法だけどね。

当然、本人の了解は得ている。

『勝手に入ってもらって、構わへんから』

彼女は続けて、「盗られるもんもないし」と笑っていた。

盗られるものがない、と語った薄暗い部屋の長押には、額縁に入れられた賞状が幾つも飾ってあった。昔はお茶の先生だったらしい。本人から聞いたわけではない。課長から教えてもらった情報だった。

過去の話も聞かせてもらいたかったが、何せ、食費を削っているという状況だ。ゆっくりと世間話はできなかった。

だから、僕と夏目さんの会話では、「ごめんね！ 嫌なことばっかり訊いて！」というのが、僕の口癖になっていた。

手持ち金、通帳の残高、来月入ってくる年金の額、滞納金の合計に、「何から、何円ずつ払うか」という相談。いつも、お金のこと、お金のこと、お金のこと……。あまり楽しい話とは言えないね。

けれども、面白いこともあった。

ある日、その時もお金の話をしていたのだけど、夏目さんはこっそりと僕に教えてくれた。

「……実はな、都合が悪い話題の時は、聞こえてても、聞こえんフリをしてるんや。『はて？』って」

僕は大笑いし、「ずるいなあ」「それだけしっかりしてるなら、認知症は大丈夫そうですね」と返す。

彼女は、内緒やで、とまた拝むような仕草をしてみせた。

ほっこりするおばあちゃんだ。

十月上旬のことだった。

その頃には家計の見直しも終わっており、生活費の引き下ろし手段についても目途が立っていたのだけれど、大きな問題が浮上していた。

檀家としてお寺にお金を払わないといけないのだ。お布施である。夏目さんが檀家になっている寺院は年会費のような制度になっており、その期日が十月末だという。

しかし、そう言われても、夏目さんの生活は既にギリギリだ。包めるお金はどこにもない。

どうにかならんか？　と問われ、僕は素直に「難しいですね」と応じた。貸付制度もあるが、用途が生活費と決まっているため、対象外。

本人の希望だ。最大限尊重したい。「分割にしてもらいませんか？」。そう提案した。

夏目さんは「はて？」ととぼけたりせず、「どうにかならんかなあ」と小さく呟いた。

部屋の片隅にある仏壇を見る。夏目さんが腰掛けるベッドとは反対側にあるそれには、今日もお供え物がしてあった。夏目さんは、養女だったらしい。詳しいことはまだ聞いていないが、幼い頃にこの家に引き取られたという。

仏壇の色褪せた写真に写っているのは、彼女の義理のお母さんだろう。

最終的に、電気料金や水道料金の支払いを先延ばしにして、どうにか捻出することになった。

帰り際、僕はまたあの言葉を口にした。「ごめんね」「嫌なことばっかり訊いて」。夏目さんは笑って、「ありがとう」と返し、手を合わせた。

十一月の土曜日のことだった。寒い日だった。

一人、部屋で洋楽を聞いていると、昼過ぎに電話が鳴った。課長からだった。

夏目さんが亡くなった、と聞かされた。

夏目さん宅を訪れた近所の方が台所で倒れている彼女を発見し、死亡が確認されたという。担当ケアマネに連絡が入り、ケアマネさんが社協に電話し、当直だった課長が報告を受け、そして、すぐに僕へ伝えてくれたらしい。

僕は「そうですか」と返して、電話を切った。

一人きりの部屋の中には、Queen の『Radio Ga Ga』が流れていた。

週明け。

出勤してきた課長は、笑って、「驚いたね」と言った。

どこか寂しげな笑みだった。

僕は「そうですね」と応じた。

多分、笑えてはいなかったと思う。

その後、担当のケアマネさんから詳しい話を聞いた。

死因は大動脈解離による失血死。寝室は暖かく、台所は冷えていた。ヒートショック現象。

葬儀は遠縁の親族が行うという。役所の担当者に聞いたけど、法定相続人はいないらしい。相続人がいない以上、滞納金を払う者もいなくなる。次長に報告すると、「そうか」という短い答えが返ってきた。

あの部屋がどう処分されるのか、法律に疎い僕は分からない。

僕は夏目さんが死亡した旨と死亡時の状況を纏め、決裁書を作成した。

「相談者死亡によりケース終了とする」。

そう打ち込むことが、彼女を担当した僕の、最後の仕事だった。

冷たい台所で、夏目さんは何を思いながら、息絶えたのだろう。
苦しくはなかっただろうか。
楽に旅立てたなら良かったけれど。
無理に無理を重ねてお布施を払ったのだ。仏様からそれくらいの慈悲はあったと信じたい。

時折、夏目さんの記録を見返すことがある。

承認印が揃(そろ)った決裁書類には、相談者である夏目さんの名前と、担当者である僕の名前がある。

書類にはそれぞれ保管期限が決められている。これは数年もしない内に破棄される。

僕が夏目さんを担当していた記録は存在しなくなるのだ。

きっと、記憶も薄れていく。

ソーシャルワーカーが行った支援が適切だったかどうかは、最後まで分からないと言われている。他人の心が分からない以上、永久に分からないままなのだろう。

僕達は、自分のミスで相手を死なせることはないけれど、相手を不幸にしてしまうことはある。だから、ずっと考え続けないといけない。その人にとっての幸せや、そのために僕達ができることについて。

彼女にとって、僕は良いソーシャルワーカーだっただろうか？

お金のことばかり話していた。

もっと色んな話をすれば良かったと、後悔している。

「ごめんね、嫌なことばっかり訊いて」。

……もう二度と、答えは返ってこない。

【夏目　京子】――事例(ケース)終結

「また、いつか」

人は言葉によって世界を認識する。故に、言語が変われば、世界の見方が変わる。そんなことを言ったのは、ソシュールだっただろうか、ウォーフだっただろうか。それとも他の誰か？　ヴィトゲンシュタイン辺りが怪しいね。

小難しいことはどうでもいいや。知りたい人は大学で言語学を学んでくれればいい。え、言語学部がない？　……人文学部か、社会学部には専門の先生がいるんじゃないかな。多分。

僕が話したいのは、有り触れたものについて。「挨拶」って呼ばれる概念について。もっと言えば、『さようなら』って言葉についてだ。

虹の色を何色で表すかは国によって違うかもしれないけど、「こんにちは」「さようなら」みたいな挨拶は、どんな国にも、どんな地域にも、どんな民族でも、あると思うんだ。

シーユー、アスタ・ラ・ビスタ、ザイチェン……。これは英語、スペイン語、中国語の『さようなら』を意味する言葉だけど、どれも元の意味は「また会いましょう」なんだ。

〝See you〟は、〝I will be seeing you（私はあなたにまた会います）〟を略した言葉。〝Hasta La Vista〟は直訳すると、〝一目会う、その時まで〟。〝再见（ザイチエン）〟は、日本の漢字だと、〝再び見る〟って書く。

なんでも、世界中、どんな人々の別れの挨拶も、由来はたった三つらしい。神のご加護を祈る言葉と健康を願う言葉、そして、再会を望む言葉だ。どこの国の挨拶も、直訳するとこの三つに大別される。

でも、『さようなら』は少し違う。

日本の『さようなら（サヨナラ）』を、「これほど美しい言葉はない」と絶賛していたのは、アメリカの旅行家だったかな？

実は『さようなら（サヨナラ）』は、語源がちょっとばかり珍しくて、「左様、ならば、」という、別れの際に使われていた接続詞が元らしい。現代語なら、「そうであるならば、」「そうならなければならないなら、」くらいのニュアンスだ。

『さようなら』を、「日本人の無常観や奥ゆかしさが表れた別れの言葉」って尤もらしく捉えてもいいんだけれど、綺麗事（きれいごと）であっても、“See you”（また会いましょう）の方がずっと素敵だと思うのは、日本人である僕の、ないものねだりってやつなのかな。

だって、『さようなら』って、凄く寂しい響きじゃないか。

だから僕は別れを告げる場面では、再会や健康を祈る言葉を付け加えるようにしている。

さようなら。

お元気で。

機会があれば、また、いつか。

五月に入ってからの体調は最悪だった。

今年はゴールデンウイークから寒暖差が激しく、それが原因なのか分からないけど、僕の精神状態も乱高下。些細なことで腹が立ったかと思えば、何もしたくなくなる。眠れない日が続き、休みには飼い猫にご飯を用意する時だけ起き上がる。薬も増えた。ずっと横になったまま、好きな洋楽を流して、猫が近くに来たら撫でて……。そんな調子だ。

昔からうつと不眠症に苦しめられている僕にとっては、いつものことと言えば、いつものことなんだけど。

でも、良い面も一つだけあって、それは相談者の苦しみがよく分かるってこと。うつや不眠で苦しんでいる方は本当に多い。程度はそれぞれだけど。

「……そうですか。はい。体調が優れないのなら、また今度にしましょう。後日、お電話しますので、今日はゆっくりお休みになってくださいね。ごめんなさいね、気を遣わせてしまって」

電話が切れるのを待って受話器を置く。次いで、パソコン内のカレンダーに入れていた「面談」の文字列を削除した。

通話の相手は相談者さんの一人。色々と困難さを抱えている方で、継続的に話を聞いているのだけど、今回のように、体調不良で予定がキャンセルになることも多いうつなのだ。僕よりもずっと酷く、障害者手帳を交付されるほど重い。

この仕事を続けて数年経って実感したことだけど、世の中にはそういった「生き辛さ」を抱えて生きている方が案外多い。大学で統計上の数値は習った覚えがあるけれど、数値と体感って、結構差があるよね。

少しでも、そんな方達の力になれていたら嬉しいんだけど。

その思いはどこの社協でも変わらないと思う。

「面談は無理そう？」

斜め前に座る課長が、眼鏡を外しつつ問い掛けてくる。

本人曰く、老眼用らしいが、そんな年ではないはずだ。少なくとも見た目は。実年齢は……、分からない。女性に年齢を聞いてはいけないというマナーくらいは僕も知っている。

尤も、面談の場合は別だけど。相談者の氏名と住所、生年月日は、最初に質問する内容だ。あとは連絡先かな。

「はい。最近、ご調子が良くないみたいで」

「生活費や食べるものは？　大丈夫って言ってた？」

彼女は一瞬、壁に掛けられたカレンダーに目を遣った。五月の半ば。人によっては苦しくなり始める時期だ。

高齢者や障害者の方の相談を受けた際の、癖のようなものだ。年金の振り込み日から何日経ったか、次回の支給日は何週間後か。僕達はそれをまず考える。口座残高は食費や光熱費に直結する。つまりは、生命に直結する事柄。

まだ大丈夫だそうです、と応じると、課長は「それなら良かった」と頷いた。

大変なのは今月末だ。年金が振り込まれるのは偶数月の十五日なので、低年金の方や、何かしらの負債がある方は、奇数月の終わり頃に生活が苦しくなる。今から手立てを考えておかないと。

と、思案していた、その時。

「ニノ君は大丈夫？」

そんな風に問い掛けられた。

「僕ですか？」

「うん。朝礼の時、調子悪そうだったから」

バレていた。

顔色が悪そうに見えたのならそれは当然だ。昨日は一睡もできなかったのだから。

面談の延期も、正直、助かった。寝不足の頭だと聞き洩らしが怖い。

慢性的な体調不良については課長も知るところなので、少ししんどいですね、と素直に答えた。

「お昼からも大丈夫そう？」

「はい、お陰様で」

「だったら良いけど、車の運転はしないようにね。用事があれば、私が送るから」

何から何まで助けられっぱなしだ。

とりあえず、お昼休みは車の中で仮眠を取ることにしようかな。

ＢＧＭはどうしよう。『Let It Be』にでもしておく？

◇

K町の駅を出て、すぐそこのところに、一軒の喫茶店がある。K町と同じように、これと言って特徴のない店だ。それだけだと店の人が気分を悪くするかもしれないので、「素朴で温かみがある」と付け加えておこう。それも、この町と同じだ。

長らく続いていた体調不良も回復に向かい、週末には外出できる程度になった。この店に来たのは、言ってしまえば、リハビリのようなもの。体調の良い日は、極力、外に出るようにしている。その一環だ。

土曜日のお昼下がり。

聞き覚えのあるクラシックをBGMに、聞いたこともない銘柄のお高めなコーヒーを飲む。一見すると優雅だけど、実は、「頑張って起きている」という状態だったりする。

昨日も眠れなかったので、眠くて仕方がない。でも、今寝てしまうと夜眠れなくなるかもしれないから、どうにか起きておく。我慢、我慢。

寝不足だったせいか、その少女の存在に気付いたのは、彼女がテーブルを挟んだ向かいの席に腰掛けてからだった。

「おはよー、ニノ君」

　店内はガラガラなのに、当たり前のように僕との相席を選んだ千代(ちよ)は、まるで同級生に挨拶するかのようにそう声を掛けてくる。

　……僕、結構、年上だったと思うんだけどな。

「もう三時だよ」

「『おはよー』はいつでも使える挨拶だよ？」

「そんなことはないと思うけどな」

　大学で実習指導を受けていた頃は、朝でもないのに「おはようございます」と挨拶すると、それは夜の商売での使い方だと言われて、訂正させられた覚えがあるけれど。懐かしい思い出だ。

　今思い返すと、それって、怒られるほど悪いことかなあ？

　まあいいや。

「千代さん、僕に、」

「千代ちゃん！」

　怒られてしまったので、仕方なく言い直す。

　彼女の押しの強さに抗(あらが)える男は中々いないだろう。同級生の男子は大変だな。

「……千代ちゃん。僕に何か用？」

「大人って、用がなくちゃ、話し掛けちゃダメなものなの？」

それはそれで、そんなことはないのだけど。

ワンサイドアップの千代は、してやったりという顔で、運ばれてきたカプチーノを受け取った。

オーバーサイズのサロペットに、ブルゾン。カラーは今年の流行色だろうか。女子高生のファッションというのは分からない。おじさんになったからじゃなく、自分が高校生だった頃からずっとだ。

読み掛けの小説をテーブルに置いて、彼女の方へ向き直る。

それこそ僕が高校生だったなら、こんなシチュエーションもどぎまぎしただろうから、年を取ったと痛感する。その大きく黒い瞳も、小さな唇から覗く八重歯も、文句なしに可愛らしいのだけど、なんだか小型犬のように思えてしまうんだ。

「む、今、なんか失礼なことを考えられていた気がする」

「それはきっと気のせいだろう」

訝しむような彼女の視線を受け流し、コーヒーを口へと運んだ。

対し、千代はスマートフォンを取り出すと、退屈そうに肘を突いた。

誰かと同席していても当たり前みたいにスマホを取り出す様を目にすると、今時の子らしい仕草だな、と感じてしまう。責めるつもりはないけど、いつ見ても、ちょっと驚く。

「何読んでたの？」

「ライトノベル」

僕は背表紙を見せた。

高校生でデビューした有名作家の処女作だ。

「ふーん。面白い？」

「うん、面白いよ」

「ありがと」

そうして千代はスマートフォンを操作する。メモを取ったみたいだ。

「ねえ、ニノ君。何か面白い話、ない？」

「小説じゃなくって？　関西人にとってそれは結構なキラーパスだなあ」

「そういうことじゃなくって！　お仕事での面白い話だよ。ソーシャルワーカーって素敵だなー、ってなるような」

「素敵でもなんでもない当たり前の話として、ソーシャルワーカーには守秘義務があるから、面白いことがあったとしても話せないよ」

「む、専門家っぽい答え……！」

専門家っぽい、じゃなくて、専門家なんだけど。

どちらかと言うと『専門職』。精神科医や大学教授じゃない限り、福祉系の人はあんまり「専門家」とは名乗らない。

どうしてだろ？

「急にどうしたの？　学校の宿題？」

「アイディアの話だよ」

「ああ」

千代という少女は、趣味で小説を書いている。この喫茶店に来るのもネタ出しのためだ。作家先生なのだ。さっきメモをしていたのも、そういうわけ。

文才のない人間からすると尊敬の念しかない。小説を書けるなんて凄いよね。しかも、高校生とか、そんな若い年齢で。僕なんて、卒業論文を書くのも大変だったし、今だって記録を書くのは面倒だ。

……それは誰でもそうかな。

「ニノ君は普段、どんな仕事をしてるの？」

「困った人の相談に乗ってるよ」

「む、それは前も聞いたよ！　もっと具体的に！」

具体的、具体的か……。

それだけでも無理難題なのに、彼女は、

「じゃあたとえば金曜日！　昨日の金曜日にしたことを、朝から順番に話して！」

と、面倒な要求をしてくる。

……ほっこりするね。

「まず、出勤して、タイムカードを切る」

「うん」

「予定が書いてあるホワイトボードの日付を書き換える。その後は、体操の時間まで、ボーッとしてる」

「体操？　朝に？」

「うん。ラジオ体操」

うちの事務所では始業前に音楽が流れるんだけど……。

他の職場ではないのかな？

少なくとも、向かいの役所は同じように朝に体操をしてたはずだけど。

「その後は朝礼があって、課内のミーティングがある」

「そうそう！　そういうのが聞きたいの！」

千代は身体を乗り出す。興味津々、といった風で、その子犬のような目が爛々と輝いている。

「で、この間の金曜日でしょ？　えーっと……。ああ、」

「何か面白いことあった⁉」

「お茶を淹れた」

「……お茶？」

素っ頓狂な声を出す千代に、僕は告げる。

「局長――事務所で一番偉い人に、お客さんがあったから、お茶を淹れた」

「……それ、ニノ君がやる仕事なの？　パートの人とか、事務の女の人がやるものじゃなくって？」

「前時代的で性差別的な考え方だなあ。大人として注意しておくけど、ダメだよ、千代ちゃん。そういうこと言っちゃ。それに、いいじゃん、男の正社員がお茶淹れても。みんな、忙しいんだから」

あと、僕自身、お客様にお茶を出す仕事は嫌いじゃない。むしろ好きだ。

そういう些細なことがキッカケで、色んなこと、つまり、相談事を言ってくれたり、困っている人の情報を提供してくれたりする。もちろん、「○○さん、お元気だよ」「私も前よりずっと良くなった」と、良い報せをくださる方も多い。

これは課長に最初に教わったことの一つ。「顔を覚えてもらう為にも、お茶は率先して淹れてね」。新人の頃と比べて成長できてるかどうかは分からないけど、急須でお茶を注ぐ技術だけは間違いなく向上したと思う。

社会って、実は結構、こういった些細なコミュニケーションの積み重ねでできているらしい。地域の集まりで住民さんと一緒にお茶を飲んで、はじめて分かることも沢山あるんだ。

サラリーマンの人が、飲み屋やキャバクラで交友関係を作るのと同じかな？

え、違う？

「次！　次は何したの！」

でも、千代はお気に召さなかったらしく、催促してくる。

次は確か……。

「別のお客さんが来たから、その人にもお茶を出したよ」

「もうお茶の話はいいよ！」

……怒られてしまった。

「金曜の午前でしょ？　……ああ、お金を数えてた」

「お金？　分かった、家計管理？　でしょ！」

「ううん、違う」

そして僕達がやっているのは管理じゃなく、支援だ。

正式な名前は『生活困窮者家計改善支援事業』だったかな？　あれ、『自立相談支援事業』だっけ？　まあ名前なんてなんでもいいし、K町社協では委託も受けていないかもしれないけど、同じような活動は何処の社協もやっている。

生活で困っている人に対し、収支表や家計簿を作ってお見せしたりして、経済状況を「見える化」し、改善の手助けをする。そういうお仕事。うちでは、貸付のような金銭的な支援や、食料給付のような現物での支援、あるいは就労支援と併用して行っている。

閑話休題。

中国には「飢えてる人には魚ではなく、釣り方を教えるべきだ」みたいな格言があったはずだけど、僕達はどっちもやっているのだ。

「ちょっと前まで中央公民館で絵の展示があったの知ってる？　そこに、募金箱を設置してて、催しが終わったから募金箱を回収したんだ」

難しく言うと、赤い羽根共同募金の事務作業だ。

市町村社協は共同募金の身近な窓口になっている。我がK町社協も同様だ。

「同じく回収した資材……、募金した人にお礼に渡す風船とか、初音(はつね)ミクのクリアファイルとかも数えたな」

「……それ、ニノ君がやる仕事なの？」

本日二回目の問い。

僕の答えはさっきとほぼ同じだ。

「誰がやってもいいでしょ、みんな忙しいんだからさ」

誰でもできる仕事なんて手が空いてる人がやればいいのだ。

世の中は助け合いで動いている。

「もう！」

僕の話を聞いているだけだと埒(らち)が明かないと思ったのだろう。

千代はこう問い掛けてくる。

「知ってる？　最近の流行(はや)りはね、お仕事モノなんだって」

「僕が千代ちゃんくらいの年の頃からずっと流行ってる気がするけど」

出版社のキャリアウーマンが主人公のドラマ、やってたのいつだっけ？

原作者の人が、僕の好きなアニメ監督の奥さんだって知ったのは、ついこの間のことなんだけど。

「ニノ君が高校生の頃から？　じゃ、大昔からの定番なんだね」

大昔じゃないよ、最近だよ！

……最近か？

「む、でも、刑事ドラマもお仕事モノの一つだけど、あれはずっと流行ってる気がするしなー。私のお母さんも好き」

「僕も好きだよ。見るのはね」

仕事として関わるとしたら、大変だ。

大事な人を亡くし、気が気ではないだろうに、残された人達は生きていかなければならない。それは法的な手続きのような厄介事があるということ。しかも、その手の届け出は期日も決まっている。悲しみに暮れてばかりはいられない。

僕の心情を読み取ったのではないだろうが、少女は「悲しい話は嫌いだな」と呟き、続ける。

「できたらね、ハートフルなお話を書きたいと思ってるの。ニノ君っぽい表現なら、ほっこりする話」

「ほっこり、ねえ……？」

ところでこの子、僕の言う「ほっこりする」は、「心温まる」って意味だけじゃないこと、理解してるのかな？「ほっこりする」の京都での使い方は、「ちょっと疲れた」「困ってしまう」だ。

不思議なことにほとんど真逆の意味。

「だから教えてほしいの。ニノ君が乗った相談事の中で、ほっこりするような話を。どうでもいい事務のことじゃなくって！」

千代は力強く言った。

昔、大学の講義でソーシャルワーカーが主役のドラマを見たけれど、ああいう感じの話を書きたいってことだろうか？　ＮＨＫで放送されたやつ。それこそ彼女が言うようにハートフルなお話で、面白かった。

残念なのは、同じくソーシャルワーカーである二ノ瀬丞に、あのドラマで見たような心温まるお仕事エピソードがあったところで、部外者である彼女には話せないってこと。さっきも言ったように、僕達には守秘義務がある。

それに。

「……千代ちゃん。ソーシャルワーカーって職種はね、誰かが生きることを手助けする仕事だし、やってる僕が言うのも変な話だけど、素敵な仕事だと思う。だけど、本当にその人の力になれたかってことは分からないんだよ」

「それは……。何か、失敗しちゃう、ってこと？」

カップを両手で口へと運びながら、恐る恐るという風に問い掛けてくる千代。

僕は首を横に振り、告げた。

「そういう感じではないんだけど……。うん、そうだな」

結局、僕達はあくまでも、手助けをするだけで。

その人の人生を選び、生きていけるのは、その人自身だけなのだ。

僕はふと、二年前のことを思い出していた。

その人は、横山絵美里（よこやまえみり）、といった。

二年前の五月、つまりは、僕が大学を卒業し、K町社会福祉協議会に勤め始めたばかりの頃に出会ったその女性は、どこの町のスーパーでも見掛けるような、ごく普通の主婦に見えた。

出会った場所はK町東部、川西(かわにし)地区。そこに設けられた公民館の一室だった。

京都府K町は、高速道路のインターチェンジがある事情もあってか、典型的な車社会の町だ。

駅はJRと私鉄、それぞれ一つずつあるけれど、電車に乗ると隣町まで行ってしまう。バス停は町内各所に設置されているが、二時間に一本のペースでの運行で、学生と高齢者の利用が主だ。

僕達のところに相談に来る方は、ほとんどは自家用車でK町福祉センターまで来られる。

一方で、矛盾したことを言うようだけど、そういった移動手段を持つ人ばかりじゃなかったりもする。たとえば、免許を返納された高齢者の方だったりね。

だから、K町社協では、相談者さんの都合に応じ、ご自宅や地区の公民館、地域の集会場まで赴いて、相談に応じることにしている。

横山さんも、そんな相談者の一人だった。

「すみませんね、遠くまでお越しいただいて」

草内課長と僕が自己紹介をして、名刺を手渡すと、テーブルの向こう側に腰掛けた彼女は、申し訳なさげに頭を下げた。

課長が「お気になさらないでください」と応じて、続いて僕も大きく頷いた。

横山さんは、免許も持っていなかったが、面談場所を公民館に設定した理由は、移動手段の問題ではなく、「福祉センターに行くところを誰かに見られると恥ずかしい」というものだった。

時折、聞く理由だ。

同時に、僕達がその心情を分かっていないといけない理由。

一般の人々にとって、市役所や公共施設に相談に行く、ということは、かなりの勇気が必要とされる行為だ。「怖い」。「恥ずかしい」。「こんなことを相談してもいいんだろうか」。そんな思いを抱く方が多く、だからこそ、僕達援助者側は、相談しやすい環境作り、来所しやすい雰囲気作りを心掛けている。

でも、それも限界がある。

僕も気持ちは分かるつもり。職務で公証人役場に行くことがあるんだけど、ああいう公的な機関の、独特な空気は苦手だ。

どう表現すればいいんだろうね？　あの、しんとした、冷たい感じ。誤用の方の、「敷居（しきい）が高い」って言えばいいのかな。実際に受付をすると丁寧に対応してくれるし、バリアフリー化が進んでるから、現物としての敷居はないも当然なんだけど。

「横山さんは、こちらまで、徒歩で来られたんですか？」

「はい」

「そうなんですか。今日がお天気で良かったです。ここ数日、季節の変わり目だからか、雨が降ったり、やんだりでしたしね」

　課長は世間話を挟みつつ、ごく自然に、

「メモを取らせていただいても構いませんか？」

と、問い掛けた。

　正面に座る彼女が首肯したことを確認し、僕は折り畳み式バインダーを開いた。

　当時の僕は、新人も新人だったので、課長の隣で、社協のソーシャルワーカーという仕事を見て学んでいるような状態だった。

　この時は、課長がどのように面談を進めていくのかを勉強しつつ、相談者である横山絵美里さんの情報を書き留めるのが主。あとは精々、行き帰りの運転くらい。

「横山さん。今から色々とお訊ねしますが、一度お電話でお伺いしたことや、他人には話しにくい内容を質問することもあると思います。どうか、ご容赦くださいね」

　一拍置いて、課長は続ける。

「あとで書類もお渡ししますが、私達、社協の職員には守秘義務がありますので、ここで聞いた内容、横山さんのプライバシーに関わる事柄を無関係の方に言うようなことはありません。それはご安心ください」

「ああ、それは安心しました。銀行と同じですね」

ここではじめて、横山さんは顔をほころばせた。

「これでも私、地銀に勤めていたんです。もう何十年も前になりますけどね。だから、個人情報保護の重要性については分かっているつもりです」

「そうなんですか」

「はい。若い頃、短い期間ですけどね」

僕は手元のアセスメントシートの『これまでの生活の経過』の項目に、「地銀」と書き込んだ。

◇

横山さんの相談は、「食べるものがない」というものだった。

年金で生活している人だったのだけど、月末の水道光熱費、携帯料金、月初めの家賃、その他諸々（たもろもろ）の出費を考えると、生活が厳しい。既に冷蔵庫はほとんどカラだと話されていた。

『インターネットで知ったんですけど、市役所や社協さんで、食料を援助してもらえるって』

市町村社協のメジャーな活動の一つだ。

名称は「フードバンク」「フードパントリー」「食糧支援」と様々だけど、内容は共通している。生活困窮者を主な対象とした、無償での食料品提供。

都会では、ホームレスの方々を支援する団体さんや子ども食堂さんが行っていたりするらしいけど、K町で行っているのは社協（ぼくたち）くらいだ。

食料品がどこから来ているかと言うと、食品製造業者や卸売り業者からが多い。市民の方からの寄付もある。K町のような農村部では、地元の農家の方からいただいたりもする。

分かりやすい例の一つは、スーパーだ。スーパーマーケットでは、賞味期限が半年先、一年先の商品を廃棄してしまうことがある。新商品の入荷だったり、パッケージの更新だったり、事情は色々。

そういった「まだ食べられるけれど、廃棄されてしまう食品」を有効活用しよう、という試みが、「フードバンク」と呼ばれる事業だ。

生活困窮者支援としても良い試みだし、食品ロスの是正という側面としても、とても良い取り組みだと思っている。実家が農家を営んでいる人間としては食品の廃棄には普段から感じるものがある。

閑話休題。

横山さんの主訴、つまりは、主要な訴えは明確だったので、課長はすぐに面談を設定した。

何はなくとも、食べるもの。この仕事に就いて、すぐ教わったこと。「相談を受けた際に、まず食料があるか訊く」。社協に限らず、現金での支援は難しくても、現物の給付は早くできることが多い。

「普段から生活が厳しいと感じることがありますか？」

草内課長が訊くと、横山さんは遠慮がちに、「いいえ」と首を横に振る。

「裕福というわけではありませんが、問題なく暮らせています。今回は……。ここ一ヵ月ほど、体調を崩したり、歯医者に行く必要があったりして、急な出費が嵩んでしまって」

続けて、

「医療費の方は、返還があると思うんですけど、それも具体的にいつなのかは、把握していなくて……。すみません」

と説明し、頭を下げた彼女に、課長は「大丈夫ですよ」と応じる。

そうして言った。

「横山さんが良ければですが、私共の方で、医療費の返還がいつ頃になるのか、役所の担当者に聞いておきましょうか？」

「でしたら、お願いできますか？」

「はい、承りました。今日はあと、二、三点ほど質問にお答えいただいて、その後、食料品の受け取りの書類にご署名をいただければと思います」

そんな風にして、横山絵美里氏との面談と食料品の援助は終わった。

僕達にできることは、他に何かあるだろうか？

彼女の自宅前まで食料品の入った段ボールを運んだ後、事務所に帰った僕は、横山絵美里さんの記録作成を受け持つことになった。
と言っても、大した仕事ではない。
まず、フードバンク事業に関する報告書類を作成する。
これは、「いつ・誰に・食料品を渡したか」「その人はどのような理由で支援が必要か、今後はどのようにアプローチしていくか」を記入し、課内の職員と責任者が回覧し、押印する書類。

続いて、相談者の基本情報と主訴をアセスメントシートに記入する。

福祉分野における『アセスメント』とは、相談者の状況や困り事を聞き取り、課題分析を行うものだ。他の事務所では、「インテークシート」「フェイスシート」などを作成していることもあるけれど、細かな説明は置いておこう。K町社協では作ってないことだし。

こちらのアセスメントシートも、課内職員と課長以上の責任者が閲覧する。こうして情報共有を行うことで、既に別の課に相談が来ていることが判明したり、そこから、新たな課題が見つかったりもする。

メモした内容を元に、『横山絵美里』という人物について纏めていく。

「ええと思うよ」

どんな風に書いたのかは覚えていないけど、課長の回答は確か、そんな風に肯定的なものだったはずだから、一年目なりに工夫して情報を纏めたんだと思う。

書類下部の項目、『今後の方針』には、「継続的な見守りを行う。」と記入した。

「来週に一度、その後、来月の年金日前にもう一度、お電話をして、状況確認をしようかな」。

その時の僕は、そう考えていた。

◇

横山絵美里さんは、五十代の独身女性だった。

正確な生年月日は相談記録を見返さないと思い出せないけれど、面談の際に「もうすぐお誕生日なんですね」と話した記憶があるから、五月後半か、六月生まれの方だったと思う。

若い頃は地元の銀行に勤めていたのだが、うつ病を発症し、退職。その後は障害年金で生活してきたという。

僕達の使うアセスメントシートには、既往歴や、今使っている福祉サービスを書き込む項目があるけれど、大抵の場合、一度目の面談ではそこまで聞かない。プライベートなことだしね。そういったことを質問するのは、何度も顔を合わせて、信頼関係が築けてからだ。

これがお医者様なら違うんだろうけど、僕達はソーシャルワーカー。病気や障害を治すためにいる人間じゃない。今、目の前にいるその人が、自らの病気や障害と付き合えているのなら、それでいい。

もちろん、状態が悪化していないかどうかは気にするけどね。

それよりも僕達が重視するのは本人の周囲にあるもの。家族はいるかとか、いるなら同居しているかどうかとか。他には、仲の良い友人や同僚はいるかどうかとか。そういった情報を「ジェノグラム」や「エコマップ」と呼ばれる図にして、書き込んでいく。

横山さんの場合、東部の町営団地で一人暮らし。ご両親は隣町に住んでいて、確か、お姉さんが町内で飲食店を経営されていた。

彼女が話していた「医療費の返還」とは、心身に重い障害のある方が対象となる医療費助成のことだ。対象も名称も自治体によってまちまちだけど、多分、日本ならどこでも似たような制度があって、東京の方では、『マル障』と呼ぶらしい。

……マルってなんだろうね？

K町の場合、はじめてその病院を受診した場合は、一旦、通常分の医療費を支払って、後日、町役場を通して再計算、超過分が登録した口座に振り込まれる、という仕組みだ。二回目以降の受診では病院側が自動的に自己負担額を計算してくれる。

払い過ぎが勝手に戻ってくるわけなので、税務署よりもホスピタリティがあるよね。

「はい、調べてきましたよ」

「ありがとうございます」

横山さんとの面談を終えた日の夕方、僕はK町役場福祉課にいた。

窓口の奥に設置されている応接スペースだ。

「この書類は内部のものだからお渡しできないけど、返還される金額や日付はメモしてもらって大丈夫ですから」

医療費の助成について訊くと、彼女は「横山絵美里さん？　ああ、あの人ね」と、すぐに調べてくれた。

対応してくれた福祉課の職員は、五月時点で既に顔馴染み（かおなじみ）だった。

K町役場は、K町社会福祉協議会が入居する福祉センターから徒歩五分圏内にある。交差点を渡るだけなので、横断歩道の信号が赤でなければ一分だ。

距離も近いけれど、連携も密接だ。書類の提出や制度についての問い合わせのために、僕達は、頻繁に窓口を訪れている。横山さんについて訊ねた時も、別用があって、そのついでだった。

その時知ったのだけど、K町の場合、医療費返還の担当課は、福祉課ではなく住民課だった。

お役所っていうのは分かりにくいね。

僕達社協も、外の人からしたら分かりにくいんだろうけど。

「横山さんについてなんですが、これまでに、生活について困っていたり、そういう相談があったりしました？」

必要な情報を書き留めながら問うと、福祉課の担当者は、

「いいえ、全然」

と答えて、ご家族さんもいるしね、と続けた。

「前に一度だけ、生活保護を申請するかどうかの相談をしたくらい。自立支援医療を使ってる方だから、こっちでも定期的に状態を見ているし、そこまで心配するようなことはないと思うよ」

「ありがとうございます」

「いえいえ。こっちも何かあったら連絡します」

その時の僕の懸案事項は、横山さんに、返還日が土日の場合、K町では、振り込み日が週明けの月曜日になることを伝えるようにしないと、というものだけだった。

◇

僕の職場は多くの市役所、町役場と同じく、八時半始業だ。

けれど、九時くらいまでは、全体の朝礼と課内のミーティング、今日の予定を確認しているうちに過ぎる。そこからは、これといった用事がなければ、一時間ほど、書類作成をしている。

そうして、十時を過ぎた辺りで、「そろそろいいかな?」と電話をかけ始める。

僕が担当している業務は、電話をかけることが多い。

相談者さんや利用者さんといった住民の方々、ボランティア団体やNPO法人、K町役場に病院、福祉サービスの事業所……。内容は様々だけど、ほとんど毎日、あちらこちらに電話をする。

その際に僕が気を遣っているのが時間帯。住民さんに用がある場合、十時以降にお電話するようにしている。関係機関の始業時間はどこも同じくらいだから気にしないけれど、一般の方だと、八時半だとまだ寝ていることもあるからだ。

他にも、「電話は夕方以降にしてほしい」「お昼休みにしか電話は取れない」といった個別の要望があれば、事情に合わせた対応をしている。

横山さんの場合、ご本人から特に何も言われなかったため、十時過ぎに連絡を取ることにした。僕としてはオーソドックスな形。

「…………留守かな」

留守番電話サービスの音声を確認して、受話器を置いた。

医療費の振り込み日と金額を伝えるだけだ。急ぎの用じゃない。また昼過ぎにでも電話してみよう。

そう思い、次の仕事に取り掛かった。

そして、三時間ほどが経った、お昼一時半頃。

もう一度、横山さんの携帯番号に掛けてみるも、応答はなし。

夕方。三度目の正直を願い、電話するが、やはり出なかった。

「すみません。昨日、面談した横山さんなんですけど……。何度掛けても電話に出られないんですが、どうしましょう?」

三回目の空振りの後、帰り支度を始めている課長に質問すると、

「うーん。急ぎの用でもないし、着信は残ってるはずやから、折り返しを待つのでええんちゃう?」

という回答。

それもそうだと思い返し、僕はパソコンのカレンダーから、「横山さん　電話」の予定を削除した。

◇

彼女のことを思い出したのは、それから一ヵ月ほど後のことだった。

梅雨に入り始めたせいか、じめじめした日が続く六月のある日。デイサービスの職員に頼まれ、デイの利用者さんの為にピアノを弾いた日のこと。

ピアノは僕の数少ない特技の一つで、たまに社協のデイサービスで披露する。今日、弾いたのはバースデーソング。ピアノを弾ける職員がたまたま休みだったので、僕にお鉢が回ってきたというわけだった。

ひとしきり職員と利用者さんに褒められた後、僕は上機嫌で事務所に戻った。

相談課では、予定されていた小学校での車椅子体験について、課内で雑談のような軽い調子で話し合っていた。

他の街ではどうかは分からないけれど、K町においては、福祉教育は社会福祉協議会の担当だ。毎年、学校の先生と相談して、日程と内容を決めている。体験した子ども達の中に、少しでも残るものがあればいいんだけど。

小学生の子ども達にとって、より身近に、そして実のある学習とするためにどうすればいいか。子どもだった頃を思い出し、「僕が小学生だった時の体験では……」と話し始めた直後に事務所の電話が鳴り、僕は、取りますね、と一言断って受話器に手を伸ばした。

「はい、K町社会福祉協議会です」

電話口から聞こえてきたのは、女性の声だった。

『すみません、横山という者ですが……。草内さんか、二ノ瀬さんはいらっしゃいますか？』

はて、誰だっただろう？

それが横山さんからの電話を取った僕の正直な感想で、けれどもすぐに、「ああ、あの横山さんからの折り返しか」と気付いた。

「横山さん、こんにちは。二ノ瀬です」

『ああ、二ノ瀬さんでしたか。どうもご無沙汰してます』

「お久しぶりですね。お元気でしたか？」

『はい。お陰様で。ごめんなさい、連絡が遅くなってしまって』

と、彼女は申し訳なさそうに言って、すぐに、

『この間まで、少し、体調を崩していたんですけど、今ではすっかり』

と補足した。

横山さんが言うには、面談の翌日からうつの症状が酷くなり、他人と話したり、電話をかけたりできる状態ではなかったらしい。

気持ちは凄く分かった。僕も、症状が酷い時には電話に出られない。誰かに電話すること、特に折り返しの連絡をすることって、気分が沈んでいる時には信じられないくらい体力を使う。そういう疾患を持ってないと、分かりにくい感覚かな？

『ごめんなさい。ご心配をお掛けしまして……』

「いえ、お気になさらないでください。横山さんの体調が一番大切ですから。ご無理なさらずに」

『そう言っていただけると気が楽になります』

彼女は口にした通り、胸のつかえが下りたようだった。

僕は続けて言った。

「今後も、もしかしたら私共の方からお電話することがあるかもしれませんが、折り返しの連絡は横山さんのペースで大丈夫です。逆に、何か相談したいな、と思われた際には、いつでも言っていただけるととても嬉しく思います」

『そうですか？』

「はい。私や草内が不在の場合もあるかもしれませんが、その際には、こちらからまたおかけ直し致しますので……」

そうして、役場の担当者に問い合わせてから一ヵ月近く経って、ようやく医療費助成について伝えることができた。

幸いにして、生活費の方は問題なく、時折あるうつが原因の食欲不振を除けば、食事も三食摂っているとのことだった。それが聞けただけでも十分な収穫だ、と個人的には思った。

「そうしましたら、横山さん。先ほども申し上げました通り、またお電話することもあるかもしれませんが、折り返しは、ご調子が良い時で構いませんので……」

『はい』

「それではお身体に気を付けてお過ごしくださいね」

『はい、ありがとうございます。さようなら』

僕はどう返答するか少し悩んで、「お元気で、また」と応じた。

受話器を置くと、斜め前に座る課長が口を開いた。

「横山さん？」

「はい。うつが酷くなって、電話するのが難しかったそうです」

「そっかー。それは心配やけど……。生活の方は？」

問題ないそうです、と答えると、草内課長は「一ヵ月後か、二ヵ月後くらいにまた電話してくれる?」と笑った。

経過観察だ。

金銭的に苦しい方、体調を崩されている方は、何かのキッカケで、同じような事態に陥ることが多い。早期に連絡してくれればこちらとしても手の打ちようがあるのだけど、当事者はどうすればいいか分からず不安だったり、日々の家事や仕事が忙しかったり、色々な理由で、相談に至るまで時間が掛かってしまう。

困っている人にとって、『相談』は、高いハードルだ。

そういった事情や心情を踏まえ、K町社協では、支援が一区切り付いた後に、一度か二度、相談者さんに連絡を取るようにしている。専門用語で言うと、『フォローアップ』というやつだ。

「分かりました。七月か、八月にはお電話するようにします」

課長は、今日の記録もよろしくね、と続けた。

◇

横山さんに電話しようかな。

受話器を取ったのは、それからまた一ヵ月後、七月も中頃を過ぎた時期だった。

行政無線では、定期的に『社会を明るくする運動』の広報が流れていて、町内に貼り出されたポスターでは、ペンギンのキャラクターが更生保護への理解を呼び掛けていた。

その時の僕の中のブームはボッチャで、仕事終わりに社協の備品を借りて、高校時代の友人数名と遊んだりしていた。

……一般の人は、『ボッチャ』って知ってるのかな。

『ボッチャ』は、障害者スポーツの中でも代表的なものだ。パラリンピックの正式種目にもなっている。個人、あるいはチームごとに、交互にボールを投げ合って、ジャックボールという目標球にどれだけ自分のボールを近付けられるかを競う。

そのルールから、『地上のカーリング』とも呼ばれているらしい。

普段は交流会などで、障害者の当事者団体さんが使っているけれど、やってみると楽しいもので、僕達は集まる度にボッチャで遊んでいた。一見、単純そうなゲームだけど、頭脳戦の側面もあって楽しいんだ。

そんな頃だ。

便りのないのは良い便り、という古いことわざもあるけれど、福祉の分野では、そうとは言い切れない。本人が気付かないうちに状態が悪化しているケースがあるからだ。

うつや認知症なんかは分かりやすい。本人は何も変わらず生活しているつもりでも、整理整頓ができなくなっていたりする。そういうシグナルを見逃さないようにして、早め早めに対処できるようにするのも、僕達の仕事だ。

ただ、その日、僕が電話しようと思ったのは、「今日中に片付けようと決めていた作業が早めに終わったけど、でも、別の業務や溜まっている資料の整理をする気にはならない」という、一から十まで僕の都合によるものだった。

そんな不純な動機でダイヤルを押したせいではないだろうけど、横山さんの電話は留守電だった。

前回と違い、用事があるわけじゃない。その後、「どうですか?」と調子を伺うためだけの連絡だ。

「……お元気で忙しくされてて、電話を取る暇がないんだとしたら、それが一番いいんだけどな」

その日の僕はそんな風に考えて、また八月に電話をかけようと決めた。

たとえ、誰も出なかったとしても。

◇

八月。

横山絵美里さんの携帯電話は相変わらず留守電だった。

折り返しも、なし。

用があるわけじゃないから構わないんだけど、流石に心配になってきた僕は、課長の判断を仰いだ。

七月、八月と留守番電話が続き、折り返しもない。報告を受けた草内課長は少し考えて、「あまり沢山電話して、それが負担になったら申し訳ないしな……」と呟く。

次いで、こう言った。

「手紙書く？」

「……手紙ですか？」

「うん。ひきこもりの方にやったりするんやけど、定期的に訪問してて、でも会えない人っておるやろ？　みんながみんな、携帯電話持ってるわけじゃないし、電話番号知らん人もおるし……。そういう人向けにやってる方法」

横山さんの場合、大きな問題があるわけではない。あくまでも経過観察のための連絡をしているだけだ。簡単なメッセージを書いて、それを郵便受けに入れて、一旦ケース終了でいいんじゃないか。

それが課長の判断。僕としても賛成だった。

うちの課では、課長が主となって、ひきこもりの方やそのご家族さんを対象としたサロンや居場所作りを行っている。特別な何かをするわけじゃなく、一緒にお茶を飲んで、悩みを話し合うだけの場。そして、そういった場所こそ、当事者さんには求められていたりする。

ひきこもりのような事例、専門用語で言うと『社会的孤立』に対する支援においては、「つながり続けること」が大事らしい。伴走型支援だ。

言葉を交わせなくとも、顔を合わせることができなくとも、「あなたが元気に過ごしているか、気に掛けている人がいるよ」と行為で以て伝えること。ゆるく、けれども、長く、繋がること。

誰にだって、本人の都合や、人生においてのタイミングがある。だから無理強いはせずに、こちらの思いをそっと傍に置いておく。

それがつながり続ける支援だと僕は理解している。

「分かりました。書いてみようと思います」

僕がそう答えると、草内課長はいつものように、「うん、よろしく」と微笑んだ。

僕は横山さんへ手紙を書いた。

Ａ４のイラスト付きの用紙に記したのは、手紙、と表現するのも変なくらいの、簡単なメッセージ。

「その後はお変わりありませんか？」。
「お元気にしていらっしゃるのなら、嬉しく思います」。
「また何か、お困りのことがあれば、ご連絡くださいね」。

たったそれだけ。たった三行のお手紙だ。

彼女が読むかどうかは、分からない。もしかしたら、「また社協からの連絡か」と、一目見て捨ててしまうかもしれない。

でも、それならそれでいいんだ。

横山さんに限らず、どんな相談者だってそうだ。お元気でお変わりなく、その人が、その人の人生を過ごしていらっしゃるのならば、それで僕達は構わないのだから。それ以上に望ましいことなんて、何もないんだから。

その日の夕方。ちょうど町内の飲食店にボランティア団体のチラシの貼り出しのお願いをしに行く予定があったので、その帰りに、川西地区の町営住宅に寄った。

表札は出ていなかったので、部屋の番号を間違えないように気を付けて、玄関扉の郵便受けに折り畳んだＡ４の手紙を差し込んだ。

電気は点いておらず、人気もなかったけれど、郵便物が溢れているということはない。それは毎週のように投函されるスーパーの広告や水道業者の宣伝チラシを整理しているということ。

少しだけ安心した。

その後の僕は横山絵美里さんのことをすっかり忘れてしまっていた。

一年目の秋、僕は日常生活自立支援事業という小難しい名前の制度の専門員になっていた。高齢者の方に代わって、諸々の生活上の手続きをしたり、公共料金の支払いを代理で行ったりする仕事。そういった責任重大な職務を担当することになったため、それまでと比べて、俄然、忙しくなってしまったのだ。

他人の通帳と印鑑を管理するなんて、恐ろしいよね。

こっちは自分の実印すら把握してない人間なのに。

だから、福祉課の担当者と、一般の方向けの予防接種について話している時に、

「……あれ、横山さんの担当って、二ノ瀬君だっけ？」

と訊かれても、即答できなかったのは無理からぬことだと思う。

確か僕は、「まあ、そうです」と曖昧な答えを返した。

「そっか。そしたら、また連絡するかも」

と、彼女は続けた。

次に彼女の名前を聞いたのは、年も終わりつつある、十二月中旬のことだった。

歳末イベントの実施や年度末の事業の段取りなど何かと忙しい時期で、その時も別の用件で福祉課に電話をしたのだけど、話が一段落した時、

「貰った電話で恐縮なんだけど、ちょっといいかな？」

と、いつもの福祉課の職員に切り出された。

「大丈夫ですよ。なんですか？」

「横山さん……川西地区の横山絵美里さんについてなんだけど、この間、お話しする機会があってね。社協の人にも話しても良いって許可を得てきたから、伝えておこうかと思って」

横山さんが？

何か用事だろうか？

話が見えないまま話を促すと、彼女は言った。

「横山さん、七月の終わり頃から入院してたんだ」

「……入院？」

「うん、体調不良が続いてね。検査したら、がんだった」

最近までずっと入院してたんだ、と伝えられた。

いつだったか言っていた食欲不振は、うつ病によるものではなく、がんから来る吐き気が原因だった。

うつを患っているのは知っているが、それにしたってあまりにも顔色が悪いと家族から勧められて受診し、そのまま急に入院になってしまったため、携帯電話は持って行っていなかったのだと。

「そのまま、入院生活が続いて……。先月かな、ご自宅で生活できるようになったのは。生活保護の申請の関係で、会って話す機会があったんだけど、そう言えば二ノ瀬君が気にしててくれたなと思ってね」

「………」

「ああ、お医者さん曰く、五月時点で相当悪かったみたいだから、二ノ瀬君が気にする必要はないからね」

そうですか。

僕は端的に応じた。

それしか言葉が見つからなかったから。

翌年の三月。
不意に、横山さんから電話がかかってきた。
彼女はいつだったかに聞いた時と変わらぬ声音で、『何度も電話をくれていたみたいで、ありがとう』『お手紙も読みました。ご連絡が遅くなってごめんなさい。でも、嬉しかったです』と告げた。

　僕は、素知らぬ態度で、「それなら良かったです」とだけ返した。当たり障りのない言葉だけを口にした。

『二ノ瀬さん。またいつか、困ったことがあったら、相談させてもらってもいいかしら』

「もちろんです。いつでも」

　そう応じて、僕はすぐに、

「また、いつか」

と続けた。

　それが終わりの合図になったかのように、彼女は「草内さんにもよろしくお伝えください。また、いつか」と告げると電話を切って、僕は、ツーツーという無機質な音を暫く聞いた後、受話器を置いた。

　横山さんは、知っていただろうか。

　僕が知っているということを、知っていただろうか。

　福祉課の担当者から聞いていた。

　彼女のがんはステージⅣ。末期がん。

医師によると、余命は一年ほどだという。

少しでも長く生きようと考えたならば、入院しての治療を続けるべきで、自宅では急死の危険性もある。

それでも彼女は家に戻った。

終末期を生きるために。自身の歩みを整理するために。

「…………」

僕は少しの間だけ、横山さんのこれからの人生について思いを馳せて、すぐに、課長の元へ報告に向かった。

一通り事の次第を説明した後、自分の席に戻った僕は、『横山絵美里』の支援記録のデータを出し、経緯を簡潔に記した後、「生活保護担当者に引き継ぎ、ケース終了とする」と打ち込んだ。

それで終わりだった。

僕は空のコーヒーカップに視線を落とし、思案する。
あれから一年以上が経った。

横山さんは元気でいらっしゃるだろうか？

お変わりはなく、過ごせているだろうか？

連絡は、ない。

「二ノ君！　二ノ君、ってば！」

少女の元気な声で、僕は現在に引き戻される。

千代はおかんむりで、不機嫌そうに唇を尖らせている。

「もう！　話の途中に黙らないでよ！」

「ごめん、ごめん。なんだっけ？」

「マスターさんがコーヒーのおかわりいるかって」

「……そんな話だった？」

違ったと思うけど、折角なので頂いておくことにする。

「む、本当に覚えてない？　二ノ君、『自分の人生を生きていけるのは自分だけ』って、深いようでいて当たり前なことを言ったきり、黙っちゃったんだけど」

「ああ、そうだったね。結論だけ言うと、僕の仕事は当たり前の生活ができるよう手助けすることで、物語になるような劇的な出来事はないよ、って話」

そして、そんな出来事があったとしても、守秘義務があるから話せないというのは、最初に言った通りだ。

千代はようやく諦めたのか、「うー、分かったよ」とスマートフォンを仕舞い、レジの方へと向かう。こうして僕と話していても、小説のネタは発掘できないと悟ったのだろう。

会計を済ませた彼女は、僕の方を振り返ると、

「じゃあ二ノ君、またね」

と、手を振った。

「……またね、って、良い挨拶だよね」

そう漏らした僕に対し、千代は「変な二ノ君」と感想を残し、昼下がりの喫茶店を去っていく。

僕は注いでもらったコーヒーを一口飲むと、壁に掛けてあったカレンダーを見た。

あれから一年以上が経った。

余命宣告通りならば、横山さんは既にこの世にいないだろう。

担当者とはあれから何度も話しているし、いくらでも質問する機会はあった。けれど、僕は何も訊かなかった。

どうしてだろう？

……そうだな。

それは、きっと。

『また、いつか』

最後に交わした、その言葉を大切にしたかったからだ。

いつかまた、彼女が相談の電話をかけてくれるのを待つのも、悪くはないと思う。

【横山　絵美里】——事例(ケース)終結

家族が待ってる

進学をして下宿を始めたという人に、一人暮らしの感想を訊ねると、結構多い返答が、「おかえり、と言ってくれる人がいない」というものだったりする。

そりゃあ、一人暮らしなんだから、言う人はいないはずだし、むしろ家に知らない誰かがいたら怖いだろうけど、僕としては意外な回答だ。

というのも、僕は古い言葉で言う「カギっ子」ってやつで、家族と暮らしていた頃から、帰っても家には誰もいなかったのだ。

……カギっ子、伝わるかな？

説明しておくと、家に保護者がいないから、自宅の鍵を持たされている子どものことだ。大学時代に、年配の先生が教えていた家族論で知った言葉だから、今じゃ誰も使ってないかもしれない。

今だから話すけれど、僕は持っていた自宅の鍵を使ったことはなかった。僕の実家はわざわざ家の鍵を掛けないんだ。これ、分かりやすい田舎と都会の差異だよね。

末っ子で、両親は共働きで、祖父母は農業をしていて家にいないことが多かった二ノ瀬少年には、「おかえり」と言ってくれる人がいない＝寂しい、って感覚が分からなかったし、正直、今も分からない。それでも、実家に帰る時の、あの独特の感覚が好きという気持ちは分かるつもり。自分の帰りを誰かが待ってる、って思うと、むず痒(がゆ)くも温かい、変な気分になるよね。

僕がもっと年を取って、家庭を持ったり、子どもに恵まれたりしたら、また違う思いを抱くようになるんだろう。そんな日が来ることを、少しだけ、楽しみにしていたりする。

これは、あるおばあちゃんと、その家族のお話。

僕は社会福祉士だけど、この『福祉』って概念は、分かりやすく言い換えると「幸せ」って意味なんだ。実は、『福祉』の〝福〟も、〝祉〟も、意味は同じ。「幸せ」って意味だ。「福」と「祉」は、それぞれ、社の前のお供えと、神様が立ち止まる場所、その神様に祈る場所が由来らしい。

そう考えると、今回ほど、福祉に相応(ふさわ)しい話もない。だって、自分の帰りを待っている誰かがいる、って、これ以上ないほどに幸せなことだろう？

幸せの形は同じだが、不幸の形はそれぞれである。そんな有名な言葉を聞いたことがある人も多いはずだ。

だからこれは、ある幸せな家庭の話でもあるんだと思う。

社会福祉分野にいる人間にとって、二月は特別な月だ。

と、そこまで言い切ってしまうと語弊があるだろうけれど、社会福祉関連の学部に在籍している大学生は、意識しているんじゃないかな？

二月の上旬は、社会福祉士と精神保健福祉士の国家試験が実施される時期なんだ。これが結構、難しい試験と評判で、何度も受験することになった人も多い。

幸いにも僕は一発合格組。これでも座学は得意な方。

京都会場はみやこめっせなんだけど、僕が受けた年は雪がちらついていて、試験終わりに目の前にある平安神宮をぶらついてから帰った。出来栄えに自信があったとかじゃなく、その時はうつ傾向で、受かろうが落ちようがどうでもいいや、って気分だったのだ。

……あれ、大学受験の時の記憶とごっちゃになってるかな？

まあ、どっちでもいいや。

何年も前の話だし。

それに何より、社会福祉職の勉強なんて、実際の仕事を始めてからが本番みたいなところがあるしね。

相談者を取り巻く制度は毎年のように変わっていく。支援の方法や人の心に関する理論も、日々、進歩していく。時代に置いていかれないように学び続けないといけない。

雪こそ降らないけど、やたらに北風が肌に痛い二月。

録画されたオンラインの講座を見ながら、僕はぼんやりと考える。

パソコンの画面上では、関東の女子大学の教授が精神疾患に関して教鞭を執っている。資料として使われるパワーポイントは印刷済みで、必要に応じてメモしていく形だ。

……ほとんどが既知の内容で、なんだか大学の講義の復習みたいになっているけれど、こういう日もたまにはいいだろう。

午後には気が進まない職務があることだし、今くらいは、ゆっくり勉強しておこう。

◇

白のエブリイを走らせて、地元のタクシー会社へ。

インターホンらしきものがなかったので、安っぽい扉を洋画のように中指でノックする。「ごめんくださいい、社会福祉協議会です」と言うと、どうぞー、という女性の声が返ってきた。

戸を引いて、中に入って頭を下げる。

「失礼します。社会福祉協議会の二ノ瀬です」

「はい、お疲れさん。お電話の件？」

僕は頷き、

「すみません、ご迷惑をお掛けしまして」

と再度、会釈した。

事務服姿の年配の女性は、記録を確認しつつ、領収書を机に置く。

僕はブリーフケースを開き、封筒を取り出し手渡した。

「では……」

「じゃあ確認させてもらいます」

手慣れた手付きで金額を数え終わった彼女は、顔を上げ、確かに頂きました、と頷いた。

「えーっと……。こないだは、どうしたんやったかな？」

「宛名ですか？　K町社会福祉協議会、でお願いします」

「どんな漢字やっけ？」

「社会科の社会、幸福の福に……。あ、名刺あります」

そんなやり取りを挟みつつ、会計は無事終了した。

「ありがとうございました。ご迷惑をお掛けしました」

もう一度、お詫びの言葉を述べておく。

すると事務のおばさまは、大変やね、と笑みを見せる。

「ああいうことがあると、うちとしては困るんやけど、でも、社協さんが払ってくれた前例があるしな。助かるわ」

「いえ、助かったのはこちらの方で……」

あまり良い対応じゃないいんだけどな、と心の中で呟く。

でも、快く対応してくれて本当に良かった。

肩の荷が下りたところで、さて、今度は僕が領収書を切る番だ。

◇

市町村社協という組織には、大体、課が二つ、三つ存在していて、そのうち一つが僕のいるような相談系の部署だ。残りの課が介護のプランを立てるケアマネジャーさんがいるところか、ホームヘルプサービスやデイサービスを担当しているところ。

……分かりにくい？　僕も常々思ってる。

でも、正確に書くと、居宅介護支援事業とか地域包括支援センターとか、指定とか受託とか指定管理とか、もっと分かりにくくなってしまうのが福祉制度の困ったところだ。

幼稚園と保育園と認定こども園の違いとか、どれくらいの人が理解しているんだろうね？

ちなみに正解は管轄官庁の違い。

同じような施設がどうして複数あるのかは、成立の経緯とか目的とかが関連してるんだけど、そこまで話すと大学の講義になっちゃうな。

話を戻すと、K町社協には相談課、地域課、在宅支援課の三つの課が存在している。その上には、実務上のトップである事務局長と、その補佐を行い、労務と経理の責任者である事務局次長がいる。

社会福祉法人には理事会と評議員会があって、まあ建前的には、また法律上では、理事さん達が事業を提案、執行することになっている。理事は町内の福祉関係者から選ばれることが多い。福祉施設の理事長さんとか、退職された先生とか、公民館のような公共施設の責任者に、区長会長さん。評議員会は監査役や会計役がいるところで、法人として適切に運営がなされているか、金銭の流れにおかしなところがないかをチェックしている。

でも、実際に働いているのは僕達、社協職員だから、事業についても、職員の側から提案することの方が多い。この辺はそう、一般的な会社における、会社・社員に対する株主総会や取締役（とりしまりやく）会の関係と同じなんじゃないかな？　よく知らないけどね。

まあ、「会社は誰のものか（コーポレート・ガバナンス）」という議論だけは馴染みが薄い。社会福祉協議会は誰のものか？

……決まってる。

その町に住む、全ての地域住民さんのものだ。

さて、事務局次長に呼び出されたのは、昨日のこと。

各組織、各団体が、年度末の事業、そして次年度の事業を立て始める、慌ただしい二月のある日。

僕は「お叱りじゃないといいんだけど」と不安になりつつ、次長の元へ向かった。

実のところ、局長や次長レベルから指導を受けることなんて、ほぼないんだけど。

部署の責任者は課長だからだ。

局長から注意されたのは一度だけ。

駐車場で切り返す際に公用車をぶつけて、傷を付けた時だけだ。

……思い出すだけで憂鬱になる。

「自分、明日の午後って暇ある？」

山手次長は、僕のことを「自分」という二人称で呼ぶ。

関西人らしい言葉遣い。実際に関西に住んでいるから当たり前だけど。

仕事中はずっと気難しそうな表情をしている次長が、話してみると結構ラフな言葉遣いなのは、好きなポイントだ。就職したての頃、怖くて仕方なかったからね。いや本当に。

「はい、あると思います」

「ちょっと頼まれてくれへん？」

言って、次長は事務所隅の金庫を開けると、封筒を持って戻ってきた。

「これ、タクシー会社に持って行ってほしいんやけど」

「支払いですか？」

「うん。宛名はうちの名前で」

多分だけど、僕は不思議そうな顔をしていたんだろう。

社協の職員はタクシーなんて使わないからね。あるとしたら、講演で講師の先生をお呼びする時くらい。

次長は話し始める。

「自分、鏡田（かがみだ）さんって会ったことあるっけ」

「いえ……。どなたですか？」

「北山（きたやま）地区のおばあさん。ちょっと、認知症の症状が出てきててな」

すぐに、

「……ちょっとではないかな」

と呟く。

「一人暮らしの方なんやけど、よう財布や通帳を失くしはるんや。社協への支払いは、まあ、ええんやけど……。財布を失くしたことを忘れたまま、出掛けはることがあるんやな」

「じゃあ、その方のタクシー代を立て替えるってことですか？」

そうなるな、と彼は難しい顔をして同意する。

表情の理由は理解できる。あまり良い方法ではないからだ。

社会福祉協議会には、「生活福祉資金」という貸付制度がある。都道府県社協が実施する、様々な事情で生活に困っている方向けの制度なのだけど、審査は厳密だし、決定まで時間が掛かる。

生活福祉資金という制度はあるが、小回りが利かない。

けれど、現に、目の前に困窮している方はいる。

そこで市町村社協は、独自財源で、独自の貸付制度を作ることがある。

独自の貸付なので、名前は各社協によってバラバラ。金額も数千円から数万円と幅がある。でも何にせよ、「今日お金を払わないと電気が止まる」というような相談に対応しやすいのは間違いない。

K町社協も、「市民貸付」という名称でお金を貸したりできるんだけど、あくまでも本人に貸すもので、支払いを代行する制度ではない。

でも、柔軟に運用できるのが、独自制度の良いところだ。こういう使い方だって、理事会で承認され、評議員会で監査されている運用方法なんだろう。

「本来で言えば、『財布を失くした人に当面の生活費を貸す』やけど、タクシーはもう乗った後やからな……。こっちで待ってもらってるタクシー代を払って、領収書を切ってもらって、その領収書と交換でお金を貰って、今度はうちが領収書を切る」

「な、なんだか、ややこしい話ですね」

というかそれって、書くのは領収書なのか？

受領証や預かり証じゃない？

「つまり、タクシー会社でお金を払った後、その鏡田さんから同じ額のお金を受け取ればいいいんですね？」

「おおきに、頼むわ。特別措置やし、お金が絡むから、前は僕が行ったんやけど、明日僕、出張なんや」

書類は用意しておくから、と補足する。

それなら一安心だ。

タクシー会社から怒られないかは心配だけど。

「あと、鏡田さんからお金を受け取るのは明日じゃなくてもいい」

「そうなんですか？」

次長は平然と続けた。

「財布、まだ見つかってないし」

◇

タクシー会社の次に向かったのは、鏡田さんの自宅だった。

傷の付いた軽自動車で見通しの悪い田舎道を進み、山間の神社の駐車場に車を停めた。神主さんは民生委員さんで、ご厚意で車を停めることを許可してくれている。一般には知られていないだろうけど、こういう地域の方の気遣いのお陰で、僕達社協職員は今日も仕事ができている。

小さな駐車場には既に車が二台あった。

一台はうちのアルト。

もう一台は、病院の訪問看護サービスのものだ。

鏡田さん宅は古い日本家屋の一軒家。斜面に建てた家にはありがちなことに、玄関の前すぐが階段になっている。高齢者に優しいとは言えないよね。

すぐ脇のブロック塀には、置物のように真っ黒い猫が鎮座していた。我が物顔、我関せず、といった風。その姿を後目（しりめ）に、冷たい山の空気を感じながら階段を上り切って、「鏡田」の表札の下のインターホンを押した。

……鳴らない。

もう一度、強く押し込むと、今度はピンポーンという音が奥で響いた。

「鏡田さん！　出ていいですか？」

女性の大きな声が室内から聞こえる。

こちらには聞こえないけれど、了承を得られたようで、扉が開いた。

「お疲れ。ごめん、探し始めたところで、まだ見つかってないわ」

そこに立っていたのは若い男性職員。

僕と同じ相談課所属で、僕の先輩である水取（みずとり）さんだった。

「大丈夫です。財布探しの手伝いも兼ねてるんで」

「そっか。じゃあ中に入って。俺の家じゃないけど」

鏡田さん宅は内装も昔ながらの一軒家という風で、台所以外は和室ばかりのようだった。実家を思い出す造りだ。

先輩に案内されたのは、台所すぐ横の応接間だった。

部屋には、笑顔のおばあちゃんがお一人。

そのおばあちゃんの血圧を測っている顔見知りの看護婦さんが一人。

「失礼します。社協の二ノ瀬です」

会釈し、隣に正座して名乗ると、

か？」

「今日は沢山やねぇ」

と、嬉しそうに言った。

「はじめましてぇ、鏡田キヨ言いぃます」

「こちらこそ、はじめまして。二ノ瀬丞と言います。名刺をお渡ししてもええですか？」

「ご丁寧にぃ、どうもぉ」

にこにこ、という擬音が出そうな表情で名刺を受け取った鏡田さんは、お茶も出さんとすみません、と会釈する。

「お気になさらないでください。ごめんなさいね、大勢来て」

「いぃえぇ。賑やかで嬉しいわぁ」

ほっこりするおばあちゃんだ。

ほんで、と彼女は言う。

「今日は何かあったかなぁ？」

その言葉を聞いて、訪看の看護婦さんは困ったように笑い、

「鏡田さん、お財布失くされたって聞いて、社協さんが探しに来てくれたそうですよ」

と告げた。

それはありがたいなぁ、と喜んでいるけれど、看護婦さんの横顔で分かる。この説明、既に何回かしている。

財布捜索を訪問看護サービスの時間に合わせたのは、看護婦さんに立会人を務めてもらうためだった。

他人(ひと)様の家で探し物をするわけだから、本人が了承していたとしても、第三者が立ち会った方が望ましい。訪問看護サービスには事前にお願いをしていた。

僕と、水取先輩と、水取先輩と一緒に来た鏡田さんの担当ケアマネの三人で捜索した結果、財布は敷布団(しきぶとん)の下、枕を置いている辺りから見つかった。

「……失くさないためかな。しっかりした人だから」

とは、ケアマネさんの弁。

うっかり失くしてしまわないように別の場所に置いて、そのせいでどこに行ったか分からなくなってしまうなんて本末転倒に見えるけれど、人間なんて、そんなものだと思う。認知症の影響もあるだろうけどね。

僕も何度も読み返す本はしょっちゅう失くす。

認知症と診断されたからといって、何かが変わるわけではないんだ。

その人は、その人なんだから。

ただ、不自由する部分も出てくるだろうから、求めに応じて、手助けするために僕達のような職種は存在している。

「ありがとうねぇ」

鏡田キヨさんのために、僕達は何ができるだろうか。

タクシー代を受け取りつつ、そんなことを考えた。

どうやった？　と会議終わりの課長に訊かれ、僕は考えて、「凄く朗らかでフレンドリーな方でした」と述べた。

ただ、続けて、

「タクシーの領収書を見せて、説明したんですけど……。詐欺に引っ掛からないか心配でした。適当でも、理由を言われれば、誰にでも、なんにでもお金を払ってしまいそうで」

と、不安に感じた部分を正直に告げた。

「そうやね。仮に、悪質な訪問販売みたいなのが来なかったとしても、財布を失くすと生活する上でも困るしね」

「ご家族さんとかはいらっしゃらないんですか？」

「息子さんが三人。全員遠方。年末やお盆は帰ってくることもあるらしいけど、皆さんもう、都心の方でご家庭も持ってはるからね。一緒に暮らすのは難しいらしい」

後でアセスメントシートを渡すけれど、と草内課長は腰を下ろした。

心臓の方は最近どうなんです？　と口を開いたのは、僕の対面に座っていた水取先輩だった。

「デイサービス勤務だった頃にお会いしたきりで、その頃は、血圧に気を付けてましたけど」

「良くも悪くもなく、やな。凄く悪くなったりはしてないけど、凄く良くなることも多分、ないらしいわ。お年やしね」

おいくつくらいだろうか。

後期高齢者かな？　八十歳くらい？

課長は言う。

「ご家族は、心臓も心配やし、認知症も進んできているから、施設に入れてほしいって言ってる。ケアマネや訪看さんの方で良さそうな場所はリストアップしてあるね。

息子さん達の方でも施設を探してくれてるみたい」

「本人の意向は？」

僕の質問に、課長は眉間に皺を刻んだ。

「できれば家にいたい。……でも、認知症はともかく、心臓の具合が良くないのは分かってて、一人での生活が難しいとも思ってる。家族に心配掛けるのも申し訳ないから、良い施設があるんなら、って」

難しい問題だった。

多くの人は住み慣れた我が家で暮らし続けたいと思っている。

けれども、その要望を叶えることで全てが解決するわけではない。

普段の生活は介護サービスやご近所の親切で乗り切れたとしても、段差の多い家の造りや、買い物や通院が難しいというような地理的側面は、どうしようもならないことも多い。

リフォーム一つとっても、改築費用はいくらで、誰が負担するのか。

転倒は高齢者の天敵だ。家で転んで骨折し、入院している間に体力がすっかり落ちてしまった、なんて事例は有り触れている。

「本人が納得して選択するのが一番やからなー……。鏡田さんの場合、問題は本人のご意向やね」

「体調も悪いし、家族に心配掛けるのは申し訳ない、つまり、仕方ないって納得されてるんじゃないんですか？」

「それは納得されとるんやけど、同じくらい、『家族を置いて施設に行くなんてできない』とも言わはるんや」

一呼吸置いてから僕は訊ねる。

「お一人暮らしですよね？」

「そうやな。私がここに勤め始めた頃には、もう既にお一人やった」

「……認知症の症状で、お子さんが巣立って行かれたことを、忘れておられる？」

「それが微妙なんよ」

うちの一番下の息子は大阪にいて、お嫁さんが気立ての良い人で、お盆には孫を連れて帰ってくる。今からそれが待ち遠しい。

そんな風に言う時もあれば、デイサービスの送迎を待つ間、「早う帰ってご飯作らんとあの子が困るなあ」と話す時もある。

分かっておられるような、分かっておられないような。

こういった認知症の症状を見せる方は時折いらっしゃって、専門的には「まだら認知症」などと呼んだりする。他の怪我（けが）や病気と同じように、調子の良い日、悪い日があるわけだ。

「デイでお話ししてた時も、『息子さんは大阪に行かれたんですよね？』と訊き返すと、そうやったなあ、と納得されてましたね」

先輩にも覚えがあるらしい。

数分話しただけの僕でも、なんとなくは分かった。

自己紹介後、世間話をしている時だった。

自分にも息子がいる、女親にとって、男の子はいつまで経っても可愛いものなんだと話していた鏡田さんは、続けて、

『今日は何作ろかなぁ。あの子、食べられんもの多いから』

と言った。

既に、鏡田さん本人の口から「いつもは一人なんや」「今日は大勢来てくれて、賑やかで嬉しいなぁ」と聞いていたため、何か勘違いをしたのかと、「息子さんと一緒に暮らしておられるんですか？」と問い掛けると、

『下の息子はねぇ、大阪の方でねぇ……』

と話し始めた。

恐らく、鏡田さんにはずっと、そういう症状が出ているんだろう。

認知症の高齢者の方の中には、俗に「夕暮れ症候群」と呼ばれるものがある。

施設を利用されている方が、外が薄暗くなっている様を見たり、夕方のチャイムを聞くと、「そろそろ帰らないと」と言い始める症状のことだ。記憶や見当識に支障が出ている影響だと言われている。

僕もデイサービスや老人ホームで利用者さんと接している際に、何度か、そんな風に話された経験がある。

ほとんどは鏡田さんと同じで、「子どもが帰ってくる時間だからご飯を作らないと」というようなものだった。

げに深きは母の愛、ということだろうか。

「でも、施設のことは一旦脇に置いておくとしても、財布を失くされるのは心配ですよ」

「そうやね。日常生活自立支援事業を勧めてみてもええかもな」

「いいですね！」

「じゃあ、ニノ君、よろしくね」

……ん？

あれ、僕がやるの？

日常生活自立支援事業、あるいは、福祉サービス利用援助事業という制度の名前を知っていて、説明できる人がいたら、多分、その人は社会福祉協議会の職員か、法律関係の人だろう。司法書士さんとか。

成年後見制度を知っているならイメージしやすいかもしれない。事業内容としては近い部分があるから。

成年後見制度の所轄庁は法務省で、日常生活自立支援事業の所轄庁は厚生労働省なんだけど。

……なんでこう、福祉制度って分かりにくいんだろうね？

ともあれ、『日常生活自立支援事業』とは、権利擁護を目的とした地域福祉事業の一つだ。

認知症や精神疾患など、何らかの理由で判断能力に不安がある方を対象として、福祉サービスの利用に関する相談、サービスの申し込み、公共料金や各種料金の支払いの代行・代理、行政的な手続きの支援、預金の出し入れ……。等々、日常的な契約行為や金銭管理のお手伝いをする制度だ。

成年後見制度との大きな違いは、その職権の大きさ。

たとえば、成年後見人は財産を処分できるけれど、日常生活自立支援事業の専門員はそういった法律行為はできない。

この日常生活自立支援事業の良いところは、利用者の通帳や印鑑、キャッシュカード類の預かりが可能なところ。社会福祉協議会の金庫で保管するから、利用者が失くす心配がないってことだ。

僕の所属するK町社協相談課の主な業務というのが、この日常生活自立支援事業だ。僕も一名の方を担当している。

けれども、僕が担当している一名の方は前任者から引き継いだ方で、つまり、事業の説明や契約書類の作成を自分で一からやるのは、はじめてのことだった。

幸いにも、鏡田さんは利用に乗り気で、

『そんな風にお手伝いをしてくれるなら今すぐお願いしたいなぁ』

とまで言ってくれた。

特に、通帳や印鑑を預かることができる、という部分が頼りに感じたみたいだ。

逆に言うならば、鏡田さん自身にとっても、財布や通帳を失くすことは不安の種だったんだろう。

説明したのは一度だけじゃなく、契約を理解してもらうために、本人宅や利用しているデイサービスに通い、お話しをさせていただいた。

これは何も、鏡田さんが認知症だからじゃない。日常生活自立支援事業の申し込みに当たっては、最低三回、本人に同意を取るというのがK町社協の慣例だ。

ご本人に契約をよく検討してもらいたいからね。お金を引き下ろしたり、通帳を預かったりするわけだから。

息子達にも伝えてほしい、という要望があったので、息子さん方にもお電話で説明させていただいた。

皆さん、

『そんな便利な制度があるのならば是非お願いしたい』

という反応だった。

二月の終わりには鏡田さんの契約書類の作成が終わり、後は都道府県社協の許可を待つだけになった。

◇

正式に利用契約を結んだのは、桜の蕾(つぼみ)が綻び始めた三月のことだった。

「そう致しましたら鏡田さん、これで契約成立になりますので」

僕がそう告げ、契約書と預かり書をお渡しすると、鏡田さんは「ありがたいなぁ」と言いつつ、

「これでお金は安心やけど、この書類を失くさんか心配やねぇ」

と、笑みを見せた。

じゃあ預かり書の方は貼っておきましょうかと提案し、私室の柱にセロテープで貼り付けた。

契約書の方は流石に壁に掲示するわけにはいかないので、本人曰く、「大事なものを入れているところ」である、お仏壇の引き出しに仕舞わせてもらった。

元々はそこに印鑑や通帳といった大事なものが収納されていたらしい。

「契約書の方は、うちの方にも写しがありますので、ご安心ください。また、繰り返しになりますが、このサービスは鏡田さんの申し出で、いつでもやめることができます。もし、やっぱり通帳や印鑑を預けるのは嫌やなあとお思いになりましたら、気兼

ねなくお伝えくださいね」

「自分で持ってたら失くしてしまうから、ずっと社協さんに持っててほしいわぁ」

そう言っていただけると嬉しい。

その信頼に恥じないような仕事をしなければ。

これで一つは片付いたけど……、と彼女の顔を、それとなく観察する。

少し、お痩せになっただろうか。ここ一ヵ月、何度もお会いしているので分かる。

担当ケアマネや訪問看護の職員からも聞いていたが、やはり、体調は絶好調とはいかないみたいだ。

鏡田キヨさんは今年で八十二歳。

障害者手帳は一級で、ペースメーカーを入れている。

身体機能はかなり、落ち始めている。

生活費の引き下ろしは僕が代行するけど、日常生活はどうだろう？

いつまで、今の生活を続けていけるだろうか。

「鏡田さん」

僕は、何度目かの問いを口にした。

「お話は変わるんですが、これからもずっと、このお家で暮らし続けたいですか？

それとも、老人ホームのようなところに入居できるなら、そちらの方が安心しますか？」

彼女は、そうやねぇ、と呟き、いつもと同じ答えを口にする。

「子ども等ぁも心配するし、もう長くは家にはおれんかもねぇ……。ええところがあるんなら、そっちに行こかなぁ……」

そう、そこから先もいつもと同じ。

でも。

「……でも、家族を残していくんはなぁ……」

僕は微笑み、言った。

「ご心配ですよね」

「そうやなぁ……。私がおらんとなぁ……」

時刻はもうすぐ午後五時になる。

区ごとに設置されたスピーカーから『夕焼け小焼け』が流れ出すと、彼女は言うのだろう。

そろそろご飯を作らんとね、あの子が帰ってくるから、と。

夕ご飯を作るのは、今からやってくるホームヘルパーさんだとしても。

K町は北山地区、中央地区、川西地区と大きく三つに分けられる。

町内の主要な施設が揃っているのは鉄道と高速道路が通る中央地区。北山地区は、田畑と神社仏閣がのどかな中山間地域で、川西地区は工場や営業所と職員団地が並ぶ工業地帯だ。

◇

僕の趣味が散歩ってことはいつだったか話したかな？

眠れない夜、あるいは天気の良い休日に、僕はぶらぶらと町を歩く。

自宅は中央地区で、大体は、そこから川西地区に向かい、川沿いの歩道を進んで、河川敷（かせんじき）で座って休んで、そんな感じ。

今の季節だと、昼間に散歩するのは心地が好（よ）いけど、夜はまだ少し寒いかな。

三月も中旬を過ぎた土曜日。

僕は河川敷にある河川標識の周辺にレジャーシートを敷いて、音楽を聞いていた。

背後にある巨大物流センターのアナウンスの声が遠くに聞こえる中、ワイヤレスヘッドホンから流れ出すのは英語のロック。ロックと言えばイングランドだよね、と言い切ってしまうと、狭量に見えるかな？　でも押韻の良さは随一だと思う。

日本も和歌の時代は韻を踏む文化だったのに、どうしてだろう。向こうに流れる桂川だって歌に詠まれていたはずだ。

あれ、この川は木津川だったかな？

「ニーノーくーんっ！」

女性の声が聞こえた気がして、ヘッドホンを取り外す。

周囲を見回すと、見慣れつつあるワンサイドアップが見えた。

千代だった。

小説家を夢見る少女は、肩掛け鞄を揺らしながら、こちらへと歩いてくる。ブルゾンは新しいやつ。今春の流行色かな？

「よく会うね、ニノ君」

「こんにちは、千代さん」

「む、千代ちゃん！」

「……千代ちゃん」

仕方なしに呼び方を変える。

良しとします、と子犬のように笑う少女。

……一体、僕は何の権限でどんな許可を与えられたのだろう？

「何してるの？」

「『Yellow Submarine』を聞きながら、何もしない、をしてた」

「ふーん……。有名な曲なの？」

「ビートルズだよ？」

「聞いたことないなあ」

曲名を知らないだけで、絶対に聞いたことはあるよ。

この『Yellow Submarine』は The Beatles の代表曲の一つ。「黄色い潜水艦ってなんだろう？」とずっと思ってたんだけど、どうやら童謡として作詞作曲されたナンバーらしくて、深い意味はないらしい。

英語圏では子守唄代わりになってるのかな？

「それにしても、大人は変なことをする時間があるんだね」

むしろ、ずっと活動する気力がないんだよ。

趣味があっても、休日は体力回復に努めているだけで終わってしまう。

……とは、流石に言わなかった。

「すぐそこに公園があるんだから、そこのベンチに座ればいいのに。桜も咲いてて綺麗だったよ？」

僕は構わないんだけど、この子、僕と話してて楽しいんだろうか。

そんな心情を知ってか知らずか、千代は「あ、そうだ」と隣にしゃがんで、肩掛け鞄を下ろし、中を見せる。

そこにあったのは茶色い物体。

「どうしたの、この子？」

あった、ではなく、いた、だった。

可愛らしい鞄の中には、子犬がおすわりしていた。はっはっはと舌を出しつつ、黒く真ん丸な目でこちらを見上げている。誰だろう？　って考えてるのかな？　だとしたら、奇遇だ。僕も同じ気持ちだ。

動物には詳しくないから犬種は分からない。柴犬だろうか？　チワワやダックスフンドじゃないってことは分かるけど。

あまり見たことのないデザインの鞄だと思ったけれど、犬用のキャリーバッグだったみたいだ。

「可愛いでしょ？」

「ほっこりするね」

ここでの「ほっこり」は、ちょっと疲れる、って意味じゃなく、心が温まり癒される、って意味。

「前から飼ってたっけ」

そう訊くと、千代は「ううん」と首を横に振った。

「ちょっと前に拾ったの。公園で」

「へー。公園に犬捨てる人なんて、本当にいるんだね」

長らく漫画の中の存在だと思ってたよ。その犬にこっそり餌をやる不良と同じくね。

千代は身体を乗り出し、

「ね！　ヒドいでしょ⁉」

と同意を求めてくる。

「こんなに可愛い子を捨てるなんて、人のやることじゃないよね⁉　お医者さんに見せたら、産まれたばかりだって。そんな、赤ちゃんみたいな犬を捨てるなんて、人のやることじゃないよ！　私が総理大臣になったら生類憐(あわれ)みの令を復活させてやるんだから！」

凄い憤り方だ。

ただ可哀想(かわいそう)だという点には同意する。

「で、優しい千代ちゃんは拾ってあげたんだ」

「そう！　私は優しいいし、この子は可愛いから」

「僕に言わせると、その子は可愛いじゃなく、幸運だけどね」

日本で殺処分されている犬や猫の数は、年間、数万匹だったはず。車に撥ねられて死ぬ数なんて、最早、集計もできないだろう。同胞達と比べて、この子は運が良い。

福祉分野においても他人事ではない。

餌付けや多頭飼育、躾けられていないペットが迷惑を掛ける事例は、市町村社協に持ち込まれるメジャーな相談事の一つだからだ。無計画にペットを増やしちゃって生活するのが難しくなったりね。うちでも一人、そういう方を支援している。

「餌付けってダメなことなの？」

「一般的にはあまり良くないいんじゃないかな。無計画に犬や猫が増える手伝いをしてしまうから」

もちろん、地域ぐるみで保護と言うか、面倒を見ている場所ならば、許されると思う。奈良公園にいる鹿にせんべいをあげて、怒る人はいないだろうし。

「僕の母校でも、野良猫に餌をあげてるサークル？　があったけど、猫はみんな、去勢済みらしいしね」

「そうなんだ……」

僕が語った内容に、彼女はショックを受けたようだった。

その子を大切に育ててくれよ、と願わずにはいられないね。

「そういう相談が来た時、ニノ君はどうするの？」

「僕、というより、社協の一般的な対応になるけど、野良犬や野良猫の保護や譲渡を専門にやってるＮＰＯ法人さんやボランティア団体さんと繋がりを持つようにしているかな」

うちの社協でも、最近、そういった団体さんと連携しようという話が出てきていて、課長が定期的に相談をしている。

「大変なんだね」

「あと、入院とか施設入所でペットの面倒を見れない時にどうするか、も話題になったりするよ」

どこだっけ？　どこかの街の社会福祉協議会では、緊急時のペットの預かり事業をやっているらしい。いや、検討中なんだったかな？　大学の講義で紹介されてた覚えがある。

先進的な取り組みだ。全国に広まっていくといいんだけど、と一人の猫好きとしては勝手に思っている。

「それは、誰も悪くないのに、悲しいね……。飼い主さんも、病気になりたくてなったわけじゃないだろうに」

ペットホテルがあるような都会で、飼い主に金銭的余裕があるなら対処のしようもあるだろうけど、そんな地域ばかりではない。

大昔は、飼い主が入院したとしても、同居の子どもが代わりに世話をしただろうから、思わぬところで核家族化の悪影響が出ていると言えるかもしれない。どうしようもないし、責めるようなことでもないんだけどさ。

暗い話ばかり続いたので、気分を変える意味を込めて、僕は訊いた。

「ところでその子、なんて名前なの？」

「イッパイアッテナ」

「え？」

「みんな、好きな名前で呼ぶんだもん。だから、今のところは『イッパイアッテナ』が第一候補なの。あ、ニノ君も考えていいよ。でも可愛いやつにしてね」

遠慮しておくよ、と答えた。

それにしても、『イッパイアッテナ』か……。児童書に出てくる猫の名前じゃないか。好きなのかな？　それにしたって、せめてルドルフにすればいいのに。

「でも、うーん……」

「なに？　どうかした？」

「なんか千代ちゃんに似てるなと思ってね。兄弟みたいだ」

というか、この少女が犬っぽい印象というだけなんだけど。

千代はどう反応するか暫し悩んで、

「む、せめて姉妹って言ってよ」

と言うに留めた。

「その子、メスなの？」

「オスだよ」

「じゃあ弟か」

姉と弟の場合も『きょうだい』って読むんだっけ？

「そっか、弟だ。この年にしてお姉ちゃんになるとは思わなかったな」

僕の言葉でどういう心情になったのか、千代はご機嫌になったらしかった。

「イッパイアッテナの散歩の途中だし、もう行くね」

……イッパイアッテナ本人は全然歩いてない気がするけど……。

まあいいや。

「じゃあね、ニノ君」

「うん。気を付けて」

「私の新しい家族、よろしくね」

可愛らしい言葉を言い残して、立ち上がり、彼女は去っていく。

「……ん？」

その時、ふと、頭の中で何か引っ掛かった気がした。

……違う。

引っ掛かったんじゃなく、絡まっていた糸が解けたんだ。

「千代ちゃん！」

思わず、僕は叫んでいた。

僕が普段、大きな声なんて出さないからか、彼女は相当に驚いたみたいで、びくりと肩を震わせたかと思えばすぐに静止し、やがてすぐに、「どうしたの？」と言いつつ、恐る恐る振り返った。

「私、何か悪いことした……？」

「違うよ。驚かせたなら、ごめん。お礼を言いたかったんだ」

「……お礼？」

そう。

もしかしたら、君は、一つの家庭を救ったのかもしれないんだから。

週明けの月曜日。

その午後。

デイサービスセンターから帰ってきた鏡田さんを、僕は自宅前で出迎えた。送迎車からゆっくりと降りた彼女は、僕の顔を見て、顔を綻ばせた。僕は、別れを告げる送迎職員から、デイサービス用の荷物を代わりに受け取る。鏡田さんは、ありがとねぇ、といつもの調子で言った。

「こんにちは」

そう声を掛けると、

「よぉ来はったなぁ」

と返してくれたものの、目を細めて、少し黙った。

見覚えがあって、社協の職員ということまでは覚えていても、名前が思い出せないのだろう。

こういう時に、僕達は自分から名乗るようにしている。わざわざ相手を試すようなことをする必要もないからね。

「社協の二ノ瀬です。鏡田さん、おかえりなさい」

「……あぁ、ありがとぉ。年取るとあかんなぁ。なかなか、人の顔を覚えられんわぁ」

「お気になさらないでください」

老化とか認知症とか関係なく、仕方ないことだ。利用者である鏡田さん達は、五年、十年とサービスを利用してくださることもあるけれど、職員であるこっちは二、三年で配置換えや離職でいなくなることがありえるんだから。

福祉サービスに接している、という側面のキャリアで言えば、多くの利用者さんは僕の大先輩だ。

「お家にお邪魔してもいいですか？」

「ええですよぉ」

「お荷物の方は僕が運びますから」

お先にどうぞ、と告げると、彼女は会釈して僕の前を通り過ぎる。

コンクリート製の階段は、蹴上、つまり一段一段の高さが高齢者用には厳しい造り。

というか、普通の人でもちょっとしんどいんじゃないかな。

鏡田さんは、ゆっくりと、ゆっくりと、階段を上っていく。右手は手摺りをしっかりと摑んで。一人暮らしを不安に思った家族が後から設置したものだ。

色々な家族の形があって、様々な家族がいる。

幼い頃、僕の家は、曽祖母までが一緒に住んでいた。四世代同居ってやつだ。今でこそ一人暮らしだけど、何かあればすぐ行けるような距離。多分、ゆくゆくは実家に戻ることになると思う。

きっと、そういう生き方を前時代的だと感じて、受け入れられない人達もいる。

親と同居してるとか、してないとか。

近くに住んでるとか、遠くにいるとか。

有給を取れるとか、休めないとか。

誰にだって事情があって、簡単に他人があれこれ言えるものじゃない。

だから、僕は鏡田さんの息子さん達が、実家に戻ってこないこととか、あるいは鏡田さんを自分達の家に呼ばないこととかを、どうこう言うつもりはないんだ。

僕が言えることは一つだけ。

たった一つの、シンプルなこと。

きっと、鏡田キヨという人は、家族のことが本当に大切で、客観的に見れば彼女の方が心配される側であっても、今でも、家族の全員のことを心配している。

息子さん達も、お孫さん達も。

亡くなられたご主人のお仏壇やお墓だって。

それに。

「……鏡田さん」

後に続いて階段を上りつつ、僕は口を開く。

「猫ちゃんも、おかえり、って言ってるみたいですよ」

傍らのブロック塀の上には、黒猫が一匹、置物のように座っていた。

「そうやねぇ」

そうして彼女は言うのだ。

「クロ、中に入りぃ。すぐにご飯あげるからねぇ」

分かってしまえば、単純な話。

鏡田さんの口にしていた「家族」は色々な対象を含んだ言葉だった。

それは息子さん達であって、現在の彼等でもあれば、記憶の中の子ども達のことでもあった。

もう三人の子は巣立ち、自宅にはいないとご理解されている時もあれば、何十年前のように、夕方になれば学校や職場から帰ってくると、そう思い込んでおられる時もあって。

そして、彼女が心配している家族には、一匹の猫も含まれていた。

息子さんも、担当のケアマネジャーもホームヘルプや訪問看護の職員達も、皆、知らなかった。だから、認知症云々を抜きにして、微妙に話が噛み合っていなかった。

推理小説の叙述トリックみたいだけど、それが真実だった。

応接間。正面に座る鏡田さんの横では、あの黒猫が寛いでいる。

僕がいるせいか、鏡田さんが呼び掛けても動かなかったけれど、彼女が細い腕ですっと抱き上げると、大人しく従った。それからお刺身を貰って、あとはずっと、隣でゴロゴロと喉を鳴らしている。

「可愛い猫ちゃんですね。クロちゃんって名前なんですか？」

「ええ。黒いもんねぇ」

確かに真っ黒だ。

「この子、人見知りぃやから、私以外の人がおると家に入ってこんのやけど……。二ノ瀬さん、猫に好かれる方か？」

「どうでしょう？　僕は好きですけど」

一拍置いて僕は訊く。

「いつ頃から一緒にいらっしゃるんですか？」

「えぇと……。いつ頃やろなぁ。最近なんやけど。八十のお祝いをしてもろた後やったから……」

「じゃあ、三年前くらいですかね？」

数え年で祝ったなら、それくらいだろう。

そう見当を付けて言うと、

「そんなに経つんかぁ。年取るぅ言うんは、あっという間やねぇ」

と、また笑う。

クロと出会ったのは、お墓の草むしりに出掛けた時だったという。

休み休み歩き、どうにかこうにか村落墓地に辿り着き、また休み休み草を抜いていると、みーみーという鳴き声が聞こえたらしい。

イタチやハクビシンのものとは違う。なんだろうと気になり、墓場の端まで行ってみると、小さな黒猫を見つけたのだという。まだ生まれて間もないだろう猫が。

どういう経緯でそこにいたのか。

何かの理由で親猫と生き別れてしまったのか、それとも。

鏡田さんはその猫を連れて帰ることにした。

「夜に誰もおらんと、寂しいもんでねぇ……」

「……そうですね」

静かに同意する。

「この子を残してどこかには、行けんわなぁ……」

「鏡田さん」

僕は言った。

「仮に、その子が誰かに預かってもらえるとしたら、安心して、施設に行けそうですか?」

◇

K町社協に勤め始めて、丸一年が経った、四月。

春風がそよぐ道にエブリイを走らせて、僕はお隣の市にある施設を訪れていた。

鏡田キヨさんに会うために。

一ヵ月に一度の日常生活自立支援事業の支援日だ。

と言っても、僕がする仕事は些細なもの。社協の金庫から通帳を出し、銀行で口座残高を記帳して、諸々の引き落としが行われていることを確認して、それを利用者さん、つまり彼女にお見せするだけだ。

保険証や障害者手帳の更新がある月はもう少し忙しくなるけれど、普段はそれだけ。あとは予防接種の時かな。

鏡田さんは介護老人保健施設に入所していた。

特別養護老人ホームへ行かれる予定になっていたのだけど、思ったよりも身体の状態、特に心臓の具合が良くないことから、一旦、病院併設型の老健に入ることになったのだ。

総合窓口でK町社協の者ですと名乗り、老健施設の担当者さんへ取り次いでもらう。そうして前回と同じように、奥の老健スペースへと向かう。

お昼が終わったばかりのようで、広間の利用者さん達は各々、お茶を飲んで一服したり、世間話に花を咲かせたり、ニュースや新聞を見たり、自由な時間を過ごされていた。

同郷の利用者さんと話をしていた鏡田さんは、スタッフから「社協さんが来られましたよ」と声を掛けられると、

「そうかぁ、そうかぁ」

と、あの音が出そうなほど朗らかな笑みを見せた。

会釈して、僕も挨拶する。

「こんにちは」

「こんにちはぁ。遠いところ、悪いねぇ」

「いえいえ、お気になさらず」

「……二ノ瀬さん、やったねぇ？」

「はい。二ノ瀬です」

僕は二ノ瀬丞。

K町社協の職員で、あなたの専門員の。

「お久しぶりです。一ヵ月ぶりですね。鏡田さん、お元気でしたか？」

「ええ、ええ。お陰様でねぇ」

スタッフさんが、気を遣い、一旦、お部屋に戻られますか？　と提案してくれる。

込み入った話、主に、金銭的なことを話す場合もあるので、そうした方が望ましい

のだけど、ご本人が「ええよぉ、ここで」と仰ってくださったので、お言葉に甘えることにする。

お金より、よっぽど話したいことがあるみたいだ。

「それよりねぇ、あの子は元気やろうか？」

「はい。お陰様で、元気にしてますよ」

僕は自分のスマートフォンを取り出し、鏡田さんに手渡した。

彼女は目を細め、ピントを合わせようとスマホを前後させていたが、やがてよく見える位置を見つけたらしく、また嬉しそうに微笑んだ。

「ありがとねぇ」

スマホを僕へと返して、鏡田さんは言う。

「あなたみたいな優しい人が引き取ってくれて、良かったわぁ」

「いえ、そんな」

「これからもお世話になります」

もちろんですよ、と僕は応じる。

あなたも、そして猫も。

できることならば、末永く。

◇

その後、僕は施設の担当者と話し、本人の体調や転所の予定について聞いた。

どちらも、良いとは言えない回答だった。

加齢による体力低下は避けられないことで、鏡田さんの場合、心肺機能に障害があって、長い時間のリハビリも難しい。老人ホームへの移動もそうだが、ご自宅へ戻ること、あるいは、ご家族が引き取る意思を固められたとしても、難しいだろうと。

帰りの車中で僕は一人、考える。

あの老健が鏡田さんの終の棲家となるのかもしれない。

それで良かったんだろうか。

少しでも、より良い選択の手助けをできただろうか、と。

◇

鏡田さんの施設入所が決まった後。

つまり、僕が猫のクロを引き取った後、草内課長は言った。

「前に相談された時も言ったけど、特別対応やな」

「すみません」

「ああ、怒ってるわけじゃないよ？　でも、飼えなくなって困っているニャンちゃんやワンちゃんを引き取ってたら、職員の家が犬と猫だらけになるから、野良猫の保護や譲渡を行ってはる団体さんとの連携も進めていかんとね」

そうですね、と首肯しつつ、僕は一つだけ、訂正した。

「でも、僕は猫を引き取ったわけじゃないですよ」

そう、引き取ったわけではない。

あの子は、ただ。

「預かっているだけですよ。鏡田さんが在宅に戻られる時まで、半永久的にね」

叶わない願いだとしても、望むことだけは自由だ。

待つことだけは、好きにしたっていいだろう。

きっとあの黒猫も鏡田さんのことを待っている。

デイサービスから戻ってきて晩ご飯を用意してくれるのを、家の前のブロック塀に腰掛けて、待っていたのと同じように。

ずっと待っていると思う。

「さて、と」

僕は一度伸びをして、パソコンの画面に向き直る。デスクトップに一時保存していたＷｏｒｄやＥｘｃｅｌのファイルを一つひとつ確認し、要らないものはごみ箱に突っ込んで、今後も使えそうなものは専用のフォルダへと移動させていく。

そんな中、ダブルクリックで開かれたのは、日常生活自立支援事業の契約書、その草案だった。書類の『サービス』の項には、「書類等預かり」にチェックが入っていた。印鑑や通帳を保管する際に選択する項目だ。

「まさか、ね」

この「書類等預かり」には、ペットも含まれるのかな？

そんなバカなことを考えつつ、今日は早く帰れそうだなと独り言つ。

アパートではクロが僕の帰りを待っている。

……ほっこりするね。

【鏡田　キヨ】――事例継続

進むみち

あなたは歩いてみたことはあるか？　と問われたら、世の中の大半の人達は「意味が分からない」というような顔をするだろうけど、今回は一人で歩く少女の話だ。

断っておくけれど、ここでの〝歩く〟は、「脚部を使い、移動する」って意味じゃないよ。これも大半の人が首を傾げる注釈だろうが、職業柄、腕を使って移動する人――分かりやすく言えば、車椅子に乗った人を見掛けることが多い僕からすれば、当然の注意書きだ。

そうそう、僕が子どもの頃に読んだ小説に、夜の京都の街を歩く女学生の話があった。直木賞を取った作品だっけ？　有名な小説だから、きっと知ってる人ばかりのはずだ。知らない人は是非読んでみてほしい。軽妙で、ユーモアと知性に溢れていて、主役の少女の足取りが想像できるような素敵な作品だから。

一方で、僕が語る話の主人公の足取りは重く、纏う空気は暗い。舞台も華やかで煌びやかな学生の街・京都ではなく、近郊のベッドタウン。夜も十時を過ぎれば静かなもので、街灯とコンビニの光があるばかりだ。

まあ、どこにでもある町をイメージしてくれればいい。

彼女の第一印象は、正直言って、覚えていない。

当然のことだ。最初はただの偶然、町中で見掛けただけなんだから。「出会った」

と表現するのさえ変だろう。

それに、夜に出歩く少年少女って、結構見るしね。かく言う僕だって、大学生の頃は、夜の京都をぶらぶら歩いた。

というか、今も眠れない夜は、どこに向かうでもなく、散歩に出掛けることがある。流石にもう、「少年」って年じゃなくなっているけどね。

これは本当に不思議なんだけど、大人になると、子どもの気持ちって全然分からなくなるよね。僕はまだまだ大人になり切れていないから、分かる気がしているんだけど……。それもいつまで続くかな。

夜の散歩が好きな人も、そんなことはしたことがない人も、きっと少年少女だった時期はあるはずなのに、おかしなもんだ。

もしも、彼女の話を誰かにすることがあったなら——守秘義務がある以上、そんな事態はそうそう起こり得ないんだけど——、僕はまず、最初に述べたことについて質問しようと決めている。

つまり、「あなたは歩いてみたことはあるか？」って。

そうして、話の最後にもう一度、同じことを訊くと思う。

◇

六月は、梅雨らしいじめじめした日が続いていた。

七月にも入らないのに、もうエアコンをつけたくなるほどで、これは京都市内の方はとんでもない湿気だろうな、と雨と曇りが連続する天気予報を聞きながら考える。

京都市は盆地だから、京都府の中でも特に蒸し暑いんだ。

市内で暮らしていた大学時代を懐かしみつつ、ニュースが流れるテレビを消した。

歯を磨いて、薬を数種類纏めて飲み、電気を消して、ベッドに寝転がる。

スマートフォンのアラームをセットして、マンガアプリの一日無料分で好きな作品をいくつか読んだら、もう寝る時間だ。

土曜日の夜。

時刻は十一時過ぎ。

何も用事がない日は、夜十一時から十二時の間には布団に入るようにしていた。

……時間を決めているのは布団に入ることまで。

実際に眠れるかどうかは分からない。

もう四、五年はこんな調子。目を開けているのが億劫(おっくう)なくらいに疲れていても全然眠れなかったり、反対に、夜更かしをしたわけでもないのに眠くて仕方なかったり。嫌になるね。

今日はどうやら運がなかったみたいで、床に就いて、十分経っても二十分経っても、一向に寝付ける気配がなかった。

「……ほっこりするね」

誰に告げるでもなく口にして、身体を起こす。

そうして、スウェットからジーンズに穿(は)き替えて、お気に入りのパーカーを羽織った。財布にスマートフォン、買ったばかりのヘッドホンを持てば、準備完了だ。

眠れない日は散歩に行くことに決めている。

夜風で目は覚めてしまうけれど、身体を軽く動かした方が眠りやすくなると思っている。

それに、寝付けないのに何もせず、横になっていても、嫌なことを考えちゃうばかりだから。

……本当に、ほっこりするよ。

◇

僕のアパートは私鉄の駅から徒歩五分の距離にあって、学生が帰ってくる夕方や会社員の人達が最寄り駅に辿り着く時間帯は、それなりの賑わいも見せる。

でも、夜の十二時前ともなれば静かなもの。

終電は零時過ぎまであるんだけど、居酒屋の方が十時には閉まっちゃうから、出歩いてまで向かう先がないんだよね。

郊外型の町の特色。なまじ都心部が近いから、スーパーも飲食店もそれ以外の時間を潰せるような施設も、全部が大きな街に依存していて、数が少ない。電車か車がなければ不便で仕方ない。

千鳥足で夜道を進むサラリーマンは、仕事終わりに京都市内で飲んできたのかな？それとも梅田(うめだ)か十三(じゅうそう)方面？

どっちにせよ、土曜の遅くまでお疲れ様だ。

ラフな格好でアパートから出た僕は、夜の空気を頬で感じながら歩き始める。

酷い湿気に昼間はうんざりしていたけれど、夜中は蒸し暑い感じじゃなく、冷たい風が心地いい。湿度も意外と低いのかもしれない。

今日のナンバーはQueenの『Don't Stop Me Now』。ノリノリで、タイトル通りのゴキゲンな曲だ。訳してみるとちょっとセクシー過ぎるのが困った点。

民家みたいな外観の交番の前を通り過ぎ、高架をくぐって、住宅街の狭い道を突っ切る。しばらく進んで大きな道に出たら横断歩道を渡り、小さな川を越えて、また住宅地の中の道へ。

迷いなく足を動かしているけれど、目的地があるわけじゃない。

単純に、いつもの散歩ルートを選んだだけ。

芝生の植えられた土手。通行止と書かれたバリカーを乗り越えて、緩やかな坂を上れば、河川敷の遊歩道だ。

どうでもいいことをぼんやりと考えつつ夜道を歩く。

具体的には、来週公開予定の観たい映画があるんだけど、それをどこの映画館で観るかとか、どうせ京都か大阪の方まで行くんだから、もう一本、別の作品も観るか、あと、誰か誘うかどうかとか。

今考える必要もないし、正直どっちでもいい、本当にどうでもいいような内容。けれど、どうでもいいことを考えつつ散歩をするのは、僕にとっていい気分転換の一つ。寝付けずに鬱々し始めていた心も、少しはマシになったように思う。

もうしばらくの間、ぶらぶらしたら、家に帰って寝てみようかな。

僕が朝起きてまずすることは、二度寝だ。

不眠症で夜、なかなか寝付けないから、大体いつも眠い。だから、スマートフォンのアラームで目を覚ましたら、時刻を確認して、ベッド脇に置いてある朝用の薬を飲んでから、すぐにアラームを再セットして二度寝する。

あと十分だけ眠るのだ。

十分後には、出勤の準備をしないといけない時間になっているので渋々起き上がり、とりあえずシャワーを浴びる。その後は、濡れた髪を乾かして、ワックスで適当にセットする。

ここでの「適当」は「適度に」じゃなく、「いい加減に」の意味だ。

歯を磨いたら、ゼリー飲料を飲みながらスーツに着替える。うちの職場はポロシャツでもいいけれど、僕は毎日、背広を着ることにしている。ネクタイを締めると、社会人になった気分になれるからだ。

いや、社会人なんだけどね。

鞄を持って、玄関を出たら、駐車場の車に乗り込む。愛車は青のキューブだ。海みたいな綺麗な青。昼休みには休憩所としても機能してくれる良い奴だ。

さて、気怠い昼下がりも過ぎ、ようやく今日の仕事も終わりが見えてきた。

USBを挿して、フォルダを開く。画像ファイルを確認していく。

うーん……。

次の社協の広報誌では事業紹介をする予定で、紹介する内容と載せる写真を決めないといけないいんだけど、良さげなものがない。新しく撮りに行こうかな？　そこまでは指示されていないけど、新人である僕が一番暇で、写真撮影する時間があるだろうし……。

広報誌の作成も、社協職員の一般的な仕事の一つ。

寄付や寄贈品のお礼をする場であり、町内で活躍されるボランティアさんの活動を紹介する場であり、社協の事業を説明する場。尤も、どれくらいの住民さんが目を通してくれているかは分からないけど。

とりあえず、五月にあった民生委員・児童委員の日と、活動強化週間の写真は揃っているから、それは使うことにしよう。

戸棚に収納してあるバックナンバーで、前はどんな風に紹介していたかを確認してみることにする。

「忙しい？」

課長に声を掛けられたので、フラットファイルを戻し、大丈夫ですと振り返った。

「そろそろ行こか」

「はい。あ、お車の方、運転します」

「ええよ、ええよ。ちょっと分かりにくいところやし、私が運転するわ」

なら、お言葉に甘えようかな。

ブリーフケースを持って草内課長の後に続き、公用車の助手席に乗り込んだ。

六月の火曜日、時刻は四時前。今日は朝から良い天気だ。湿度もそこまでではない気がする。折り畳み傘の出番はなさそうだ。

白のワゴンRのハンドルを操りながら、課長は言う。

「今日の訪問先のことって、どこまで話したっけ？」

「娘さんの相談でしたよね？」

うん、と首肯し、続ける。

「静市野（しずいちの）さんって方。母子家庭の方で、中学生の娘さんと、自分のお母さんとの三人暮らし。おばあちゃん……って言うほどの年でもないんやけど、おばあちゃんも、まだ全然元気」

K町の婦人団体、『さくら会』の名簿に載っている静市野さんかな？　総会の資料作りをお手伝いしたから名前は知っている。

「元旦那さんとは、ご離婚を？」

「そうやね。生活スタイルが合わなかった、って言うてたかな。でも関係はいいよ」

K町社会福祉協議会がある福祉センターを出た車は南下し、駅の方へ進んでいた。僕の通勤経路だ。

目的地は中央地区の端だ。静市野さん宅があるのは、隣の市との境界に当たる地域。僕が住むアパートのすぐ近くだ。事前に貰った資料で住所だけは確認していた。

駅手前で右折して、山の裾野にある空き地に駐車する。

社協の会長の敷地（しきち）なんだっけ、ここ。

「名札、外していくって伝えたっけ？」

「あ、はい」

僕は吊（つ）り下（さ）げ名札を首から外し、鞄へと仕舞う。

今回、訪問の形を取ったのは、静市野さんの要望に応えてのことだった。

思春期の娘さんに関する相談ということもあり、周囲にも、娘さんにも知られたくないらしい。

相談内容は、中学三年生の娘さんが心配、というもの。

家族が寝静まった夜中、時たま、外出することがあるそう。そのことについて問い詰めても、つれない対応をされるばかり。

それくらいの年って難しい年頃だし、親に対して素っ気ない態度を取ったり、酷い言葉を言ったりするのは仕方がないところもあると思うけど、夜遅くに出掛けるっていうのは、さぞかし心配だろう。

僕は親になった経験はないから知ったようなことは言えないけれど、未成年の深夜徘徊(はいかい)はやめた方がいいと思う。単純に危ないからさ。悪い大人と出遭わないとも限らないし、交通事故の危険性だって夜の方が高い。

あと多分、未成年じゃなくても深夜に出歩くのは危ない。

先週末も夜の散歩に出掛けた僕が言えたことじゃないけれど。

「ニノ君はご両親と仲良かった？」

「どうでしょう……。末っ子だから可愛がられていたよ、って親戚からは聞きますけど、僕が体感して知っているのは、自分と親との関係だけなので……」

僕の弁に課長は、言われてみればそうやね、と納得したように呟いた。

「親の側は一人目の子との関係、二人目の子との関係、あと、自分と親との関係って、色々知ってるかもしれないけど、子どもからすると親って唯一やしね」

「課長は優しいお母さんなんでしょうね」

「そうでもないよー？　怒ってばっかで、自分でも嫌になるわ」

「そうなんですか？　僕には全然、怒らないのに」

課長は笑って応じる。

「そりゃ怒られるようなことしてないからね。それに、やっぱり身内は違うわ。介護分野のベテランである甘南備台（かんなびだい）課長も、やっぱり自分の親には強く当たっちゃうこともあるって言ってたわ」

「難しいもんですね」

「介護のプロであっても、親の前では子どもってことなんかもね」

僕の親の介護も、是非ともプロにお願いすることにしよう。

まだそんな年齢じゃあないけれど。

雑談をしていると、目的地まではあっという間だった。

静市野さん宅は住宅地の一角にあった。ニュースでよく聞く「閑静な住宅街」というのは、こんな場所なんだろうとふと思う。特徴と言えそうなのは、塀に取り付けてある表札が「SHIZUICHINO」と、ローマ字表記なことくらいだ。

珍しい苗字だからローマ字で書いたんだろうけど、Iが多過ぎてパッと見で読めない。ヘボン式って分かりにくいよね。

課長がインターホンを押す。キンコーン、というチャイムは室内から聞こえるものの、反応はなし。課長は黙ってもう一度ボタンを押した。

普段ならここで、

「こんにちはー！　社協ですー！」

と、大声で挨拶するところだけど、今日は特別だ。「あまり人には知られたくない」というのが相談者さんの要望だからね。

今度は「はーい！」という応答が耳に届いた。続いて、「少々お待ちくださいねー！」とも。

静市野さんが出てくるまでの間、それとなく周囲を観察する。

ポストに郵便物は溜まっていない。玄関周りは綺麗で、雑草が伸びっぱなしだったり、埃が積もっていることもない。カーポート内に停めてある軽自動車も、特に異常なし。

探偵の真似事(まねごと)をするわけじゃないけど、訪問の際にパッと見ただけで分かることも結構あって、そういった異変を見逃さないことも良いソーシャルワーカーの素質の一つである。

たとえばこんな感じ。「毎朝、玄関前を掃き掃除していた一人暮らしのおじいさんが三日も姿を見せず、ポストの郵便物は放置され、夜になっても灯(あか)り一つ点かない。不審に思い、警察官の方を呼んで一緒に中に入ってみると、家主であるおじいさんはリビングで倒れていた」。

これは僕が大学にいる頃に先生から聞いた話だけど、こんな事例は山ほどある。ちなみに、そのおじいさんは脳梗塞だったらしい。先生が見つけたから良かったものの、そうじゃなければ命に関わっていたんじゃないかな。

「お待たせしました。すみません、わざわざ」

扉を開けた静市野千尋(ちひろ)さんは、そう詫びてから、僕達を招き入れた。

一見した感じ、ごく普通のご婦人だ。薄めの化粧が特徴らしい特徴。こういうの、ナチュラルメイクって言うんだっけ？

外観同様に内観も洋風で、リビングダイニングに通された僕達は椅子に腰を下ろした。

これは僕達的には珍しいこと。

訪問先の大半は和風家屋で、当然、正座ばかりだ。

その後はお決まりの流れだ。改めてご挨拶と自己紹介をして、名刺を渡して、お茶はご遠慮させていただいて……。

ソーシャルワーカーは、お茶やお茶菓子の類を受け取らないように教わる。ケアマネジャーやホームヘルパーも同様。料金を貰ったお仕事だし、今回の訪問みたいに無償の業務でも、そもそも僕達の給料って行政の補助金から出ているから、住民さんの視点に立つなら、先払いしているようなものだ。公共のものは皆、住む人のお金で成り立っている。

ただ、こちらが遠慮したとしても、出してくださる方は出してくださるし、遠慮する間がない時もある。そういう時には、「どうぞお気遣いなさらないでください」とお伝えしつつ、頂戴する。

出されたものを飲まないのは逆に失礼だし、淹れたお茶を遠慮されても、向こうとしては扱いに困るだろうしね。

そういったわけで、僕と課長の前にはコーヒーカップが置かれていた。

静市野さん宅はコーヒー派みたいだ。

「遠いところ、すみません」

「いえ、お気になさらないでください」

静市野さんが言って、課長が返す。

続いて、しばしの沈黙。

僕はとりあえず、コーヒーを口へと運ぶことにした。

出されたお茶って、あまりすぐに手を付けるべきじゃないと学んだけれど、淹れ立ての場合、すぐに飲まないのもまた、失礼だ。この辺りの、空気の読み合いみたいなもの、実は嫌いじゃなかったりする。

人の想いって言葉になるものばかりじゃなく、行動から内面を読み取れることだって、沢山あるんだ。

静市野さんの場合、娘さんの行動の意味が分からなくて困っている側面もあるから、難しいけどね。

「……相談の内容としましては、お電話でお話しした通りなんですが……」

おずおず、という風に彼女は話し始める。

「私には、中学三年になる娘がいまして……。一人娘で、ひとり親なりに、大事に育てたつもりなのですが、最近はほとんど話もしてくれないような状態で……」

「それはご心配ですよね。私も子どもがいるので分かります」

「はい……」

しかし何よりも静市野さんが心配なのは、深夜の外出であるということだった。

床に就いた後なので分からないが、たまたま寝付けなかった日に階段を下りる音や玄関扉の開閉音を聞いたことがあって、そこから考えると、深夜零時前後に家を出ているんじゃないか、と。

「夜に外出しているらしい、と確信を得られた後には、私も夜遅くまで起きているようにして、理由を考えてみたりしたんですけど……。どうやら、私が起きてると分かるらしいんですよね」

「部屋の灯りや物音で判別しているんですかね？」

僕が訊くと、かもしれません、と彼女は不安げに俯く。

「それだけでも心配なのに、時折……、これは一度二度なんですけど、学校を早退していることもあって……」

「体調が優れず、早く帰られたわけではないんですよね？」

課長の問いには「学校の先生にはそう説明したみたいなんですけど」と答えつつ、コーヒーで唇を濡らす。

曰く、静市野さんもそのお母さんも、昼間は仕事や用事で家にいないため、早く家に帰ってきても分からないそうだ。

その早退した日にしても、娘さんは夕方、いつもと同じくらいの時間に帰宅していたため、先生からの「今日は体調が悪くて早く帰られましたけど、家での調子はどうですか？」という連絡の電話がなければ、気が付かなかっただろうと静市野さんは語った。

草内課長が訊ねる。

「大体いつも、これくらいの時間にはお仕事を終えられて、家に戻っておられるんでしょうか？」

「ああ、今日は早番に変えてもらったんです。普段はもう少し遅くて、娘が帰ってくる時間帯と同じくらいです。私の方が早かったり、遅かったり、日によりますが、大体は同じ頃です」

……中学校って、何時終わりだっけ？

もう十年近く前の記憶だからおぼろげだ。

えーっと、六時間目まであって、それが終わるのが夕方三時半で、そこから掃除があって、「帰りの会」とか「終礼」とか「学活」とか言われる十分くらいの話があるんだったかな？

僕は隣町の生まれだから、僕の知っている時間割がK町中学校のそれと同じかどうかも分からないけれど……。

そんな考えを巡らしつつ、課長と静市野さんの話を聞いていると、玄関の方からガチャリ、という音が届いた。

件（くだん）の娘さんが帰ってきたみたいだ。

リビングダイニングに入ってきた娘さんは、謎の来客者である僕達を見て、驚いたような顔をしたが、すぐに「こんにちは」と挨拶すると、一拍置いてから、「ただいま」と小さくお母さんに告げた。

多分、いつもは言ってないいんだろう。そんな気がする。

「こんにちは」

「すみません、お邪魔してます」

課長と僕が挨拶を返すと、少女は返答すべきか困ったようで、結局、一度会釈をしてから奥の階段を上っていった。

オフィスカジュアルの女性に、スーツ姿の若い男性。保険会社の営業とでも思ったかな。残念ながらその予想は外れだ。

……それにしても、あの子……。

「はあ……。……やっぱり、あの子が幼い内に離婚したのがいけなかったのでしょうか？」

悲観的になる静市野さんを励ましつつ、僕達は聞き取りを続けた。

◇

話を聞き終わり、空き地の車に戻った時には、夕方五時を告げる夕焼け小焼けが響き渡っていた。

事務所に着く頃にはもう定時だろう。広報誌に使う写真の整理だけ終わらせたら上がらせてもらうことにしよう。今日も寝不足だ。原因はいつも通りに不眠症。

「どう思う？」

「うーん……」

帰りの車中、課長にそう問われて、僕は困る。

正直、今の段階ではなんとも言えない。

夜中の外出には危険性があり、未成年の行いとしてはとてもじゃないけど見過ごせないことは前提として、あの少女がどうして夜に散歩に出て、なぜ早退することがあるのかは、現時点では分からない。

深刻な事態、たとえば、陰湿ないじめを受けており、呼び出されて強請(ゆす)られているとか、悪い彼氏に誘われてあちらこちらに出掛けているとか、そういう可能性もある。

その可能性もあるにはあるんだけど、そうじゃない可能性だってある。

静市野さんが言うに、娘さんは幼い頃から良い子で、勉強もできたという。今だって成績優秀らしい。

だとしたら、あの少女が「今まで真面目にやってきたけど、私は真面目なだけじゃないんだ」という、ささやかな反抗として、夜間の外出というちょっとした火遊びを試みているのかもしれない。

……昭和の少年は夜中に窓ガラスを割ったり、バイクを盗んだりしていたらしいし、それと比べると健全そのものだよね？

「私も正直、今の時点ではなんとも言えんなー」

僕の考えに課長も同意する。

「静市野さんが言ってた、小さい頃から良い子だった、っていうんは、ちょっと引っ掛かるけど……」

「確かに……。そうですね」

大人にとって、「手の掛からない良い子」は、子どもにとって「周囲から抑圧されて、不満でいっぱいの状態」だったりする。非行に走るのも心配だけど、良い子過ぎるのもまた、心配なもの。

僕達みたいな職種や、不登校やひきこもりを専門に扱う精神科医さんなんかは、そんな風な考えを持っていることが多い。

「二ノ瀬君も、小さい頃から良い子やったんやろうね。今を見てるだけで分かるわ」

「どうでしょう？　自分では、なんとも」

子どもの頃の心労が祟(たた)ってうつ病になったことにしておこうかな。

「そう言えば、」

と、忘れない内に僕は口を開いた。

「静市野さんの娘さん、僕、会ったことあるかもしれません」

「そうなん？」

「はい。会った、と表現すると大袈裟(おおげさ)ですけど、今週末の夜中に見掛けました」

「へー。遊びの帰りとかに見たん？」

「いえ、そういうわけじゃないんですが」

僕も深夜に出歩くことがあるけど、理由を問われたら答えに困るね。

◇

河川敷の遊歩道を北上し、公園の近くまで行って、僕は踵を返し、家への道を進み始めた。

何かがあったわけではない。何もなかったし、何か結論が出たわけじゃない。そもそも、大したことは考えてなかったしね。映画についてだって決まらないままだ。予定は未定。

気分転換になったから、それでいいのだ。

来た道筋をそのままなぞるように、暗い土手の道を歩き、坂を下りて車止めを乗り越えて、窓からの灯りも絶えつつある住宅街を抜けて、そして大通りに。

交差点には押しボタン式の横断歩道が、そしてそれと並行するように歩道橋がある。

帰りは歩道橋を使うことにした。行きに横断歩道を選んだことと同じく理由はない。車もほとんど通らないしね。

階段を上り切ったところで、僕は気付いた。

陸橋の途中、ちょうど道路の真ん中を見下ろせる位置に、髪の長い女性が立っていることに。

怖い話には早い時期だ。それに僕には霊感がないので、気にすることなく歩道橋を通ることにした。すると、その女性の方が驚いたらしく、自分の方へ向かって歩いてくる僕の方を一瞬見た。僕の姿を確認すると、次いですぐに視線を元に戻した。

女性の顔立ちは想像していたよりもずっと若くて、若い、よりも、あどけない、が相応しかった。肌艶も健康そうだった。ちょっとだけ安心。顔色が良い幽霊なんて聞いたことないからね。

霊感はないけど、怖いと思わないわけじゃないのだ。

あどけない顔立ちの女性、というよりも少女の、その後ろを通り過ぎ、僕は歩道橋を下りた。

帰路の最中、僕はその少女について考えていた。

「……前にも見た気がするなあ、あの子……」

見覚えがあったのだ。

眠れない日に出掛けるのは僕の日課みたいなものだけど、その夜の散歩中、あの子を何度か目にした気がする。

駅前の電話ボックスの前だったり、住宅地の中に設けられたブランコと滑り台しかない小さな公園の中だったり、場所は色々だけど、多分、同じ子じゃないかと思う。

何しているんだろう。

何か、悩みでもあるのかな。

そんな風に考えて、すぐに僕は一人で笑う。

その言葉はそのまま僕にも当て嵌まることに気が付いたからだった。

◇

僕の話が終わる頃には、僕達はとうに福祉センターに到着しており、駐車場に車を停めた課長はまた、うーん、と唸った。

「ニノ君の体調も気になるところやけど、その見掛けた子が娘さんとは断言できんのやね？」

「はい。それは、ちょっと……」

今日にせよ夜中にせよ、すれ違った程度の面識だ。

いや、向こうは僕と会ったことすら覚えていないかもしれない。

「でも同じような見た目の子を何度か見ているので、次に会ったら分かるかもしれません。場所も、なんとなく見当が付きますし」

「そうなん？」

「多分ですけど、僕と同じで、特定の道や場所によく行ってるんじゃないかと」

そうでもなければ、僕が何度も目撃したことの説明が付かない。

あの少女と僕の行動範囲、もっと言うなら、お気に入りの散歩ルートのようなものが重なっているんだと思う。

「じゃあ、こうしよか」

課長は言った。

「私はまた、静市野さんとの面談の機会を設けたり、要対協に……あ、要対協って説明受けたっけ？」

「いえ、まだ」

「『要保護児童対策地域協議会』の略称ね。また教えるわ。で、そこに何か情報が来てないか問い合わせてみたりするし、二ノ君は娘さんを見たら、声を掛けてみてくれる？」

すぐに、勤務時間内の話ね、と補足する。

「最近は早退することもあるそうやし、もし仕事で移動中に見掛けたら、ってことやね」

「分かりました」

ほっこりする仕事を引き受けてしまった。

……そう上手く遭遇することがあるだろうか？

K町は小学校区二つ分くらいの小さな自治体だけど、会おうと思っても会えないことがあるのが人間関係だ。そういう巡り合わせのことを、昔の人は「縁」と呼んだんだと思う。

結論から言うと、僕と彼女の間には縁があったみたいだ。

その少女を見掛けたのは、静市野さん宅での面談からしばらく後、六月の終わり頃だった。

小学校で実施予定の車椅子体験が間近に迫っていることもあり、課内は慌ただしかった。

僕は課長の指示通り、用事に出掛けた帰りや会議で遅くなった時に、心当たりの場所に寄ってみた。河川敷の遊歩道や河川上流にある公園、コンビニと公衆電話くらいしかない閑散とした駅二つに、住宅地の中にある鬼ごっこすら難しそうな小さな公園の数々。

でも、そう簡単に見つかるものでもなかった。

一方で、課長はそれから二回ほど、静市野さんのお話を聞きに行っていた。具体的な解決法を提示するのではなく、悩みを聞くことによる不安軽減が主な目的だったけど、そういった行動は無駄にならない。

信頼関係の構築にもなるしね。

要保護児童対策地域協議会という、厳めしい名前の組織にも、福祉課を通じて問い合わせをしていた。

学校とか教育委員会とか、役所の担当課とか、警察とか病院が連携して運営している組織で、要保護児童、つまり、虐待が疑われる子や子育てに不安がありそうな家庭を支援する為の制度だ。

……社会福祉を学んで良かったな、って思う瞬間の一つは、こういう組織を知れた時だ。

僕が大人になるまでの間、見えないところで、どれくらいの人が自分のことを気に掛け、見守っていてくれたのかが分かると、少しでも恩返ししたいと思っちゃうね。

幸いなことに要対協の方に報告は上がっていなかった。

静市野さんが僕達に話していないだけで、家庭状況が危機的で、結果、子どもが家に居づらい、という可能性は低いようだ。

これは長く掛かりそうな事例だ、と思い始めた六月の下旬。

ある日の午後のこと。

慌ただしい、というか、忙しいのは事務所全体だったみたいで、なんと使える車が一台もなかった。

局長が会議の日で、課長が面談の予定があり、隣の島の地域課で訪問が立て込んでいたりすると、自由に使える車がなくなったりするんだ。そうはない事態だけど、たまにはあること。

僕は早めに持って行きたい書類があったので、仕方なしに自転車で出発した。コイツも一応、公用車の一台。

目的地は町内にいくつかある住宅街の一軒だったんだけど、無事に届け終えた後、ふと、すぐそこに公園があることを思い出した。

駄目で元々だと考えつつ覗いてみた。

そこには、一人の少女がいた。

「…………」

滑り台に、座ると前後に動くイルカしかないような、小さな小さな憩いの場。

そこに腰掛けていたのは、紛れもなく彼女だった。

先日、静市野さん宅で見た娘であり、夜中の歩道橋に立っていた髪の長い少女だ。

僕は悩んだけど、直球で行くことにした。

「こんにちは」

ベンチの前まで行って挨拶すると、彼女は目を見開いた。

少なからず驚いたようだった。

当然の反応だろう。

中学生の女の子が見ず知らずの大人の男に声を掛けられるなんてそうそうないことだろうし、身の危険を感じたとしてもおかしくない。ついでに、今はまだ、正課の授業をやっている時間帯。

「……何か用ですか？」

彼女はやや考えてから、そう問い掛けてきた。

ここは住宅街だし、危なそうなら大声を上げて助けを呼ぼうと判断したのかもしれない。

そうなると僕としては非常に困ってしまうので、身分をはっきり示すことにした。

それに人間関係で何より大切なのは挨拶と自己紹介だ。

「静市野さんですよね？　急にお声掛けしてすみません。Ｋ町社会福祉協議会の二ノ瀬と申します」

いつものように、ケースに乗せた名刺を両手で持ち、差し出す。

すると、また彼女は驚愕(きょうがく)したようで、やがて、

「……私みたいな子どもに、そんな風に丁寧に挨拶する人がいるとは思わなかった」

と呟き、名刺を受け取った。

丁寧に挨拶したつもりはないけれど、悪い印象を抱かれたんじゃないのなら良かった。僕は普通に、いつものように自己紹介しただけだ。

お隣に失礼してもいいですか？　と問うと、彼女は生まれてはじめて貰ったらしい名刺をまじまじと観察しながら、「どうぞ」「私が許可するようなことでもないけど」とぶっきらぼうに答えた。

隣のベンチに腰掛けた僕に、少女は言った。

「もしかして、この間、家に来てた人ですか？」

「はい。あの時はお邪魔しました」

「ふーん……。で、何か用ですか？」

「用というわけじゃないんですが、少しお話しができればなと思って」

彼女、静市野さんは訝しげにこちらに目を遣った。

「どうせ、お母さんから何か言われたんでしょ？　……娘が心配だとか、不良になったとか」

いかにも苛立った風に。

吐き捨てるようにそう口にする。

「お母様からご相談を受けたのは間違いありません」

「それで、学校に行け、って言いに来たんですね」

「それは違いますね」

予想を裏切られたのか、少女は、え？　と間の抜けた声を出した。

「僕達は助言はしますが、命令はしません。……学校の先生や、お医者様じゃないからね」

「じゃあ、『学校には行った方がいいよ』って、わざわざ助言をしに来たの？」

「それも少し、違いますね」

「だったらなんなの？」

なんなの？　と問われると、意外と困る。

説明するのもバカらしいくらい単純なことだから。

「さっきお伝えしたように、あなたとお話しができたらなと思ったんです」

「私と？　お母さんじゃなくてですか？」

「はい」

だって、お母さんにはお母さんの思うことがあるだろうけど、あなたにはあなたの、思うことがあるだろうから。

それを聞かせてほしいと思うんだ。

◇

課長は、見掛けたら声を掛けてみてくれる？　と言った。

多分だけど、そこには「説得しろ」とか、ましてや「説教しろ」とか、そういう意味は含まれていなくて、きっと、「話を聞いてみてほしい」ということだったんだと思う。

どんな相談者の方、利用者の方に対してもそうするように。

その人のお話を伺う。

思いや考えを聞く。

当たり前にコミュニケーションをしてみてほしい、と。

「……ビックリしたな」

静市野さんは、そこではじめて、自らの感想を口にした。

驚いたということを、言葉にした。

「……大人なんて、私達のことを、対等に考えてないと思ってた」

それは誰かに伝えるというよりも、自分の困惑と驚愕が、ただ言葉になったという風で。

だとしたら、僕は嬉しかった。

お世辞とか社交辞令じゃなく、彼女が本当に抱いた感情だということだから。

「お母さんは、なんて言ってた？」

どれくらい時が経っただろうか。

喧騒(けんそう)が妙に遠い公園で、彼女は静かに訊ねる。

「娘さんのことが……あなたのことが心配だ、って言ってました。夜に出歩いたり、早退したりしてるから」

「そう……。……あなたも、悪いことだって思う？」

「悪い、というよりは、心配だな、と思います。昼間はともかくとして、夜中は物騒ですしね」

「さっき、先生でも医者でもないって言ってたけど、じゃあ、どうして私のことを心配するの？　お母さんに相談されたから？」

それはキッカケに過ぎません、と僕は答える。

「僕は大人で、社会福祉協議会のソーシャルワーカーですから」

この町に住む人である以上、仕事として心配するし。

子どもである以上、大人として心配する。

家族や友達、恋人みたいな特別な関係ではないけれど。

僕は普通に心配するし、普通に心配したい。

あなたの為に何かできることはあるだろうか？　と考えたい。

それだけのこと。

当たり前のことだ。

「それに、良いも悪いも、話を聞かないことには何も言えませんよ。家にいたくないのに自宅に帰れとは言えないし、学校にいたくないのに学校に行けとは言えない」

「お母さんは心配って言ってたのに？」

「繰り返しになって恐縮ですけど、お母様はお母様で、あなたはあなたです。あなたの、静市野さんの話を聞いてからじゃないと」

良いとか悪いとか言うつもりはないんですけどね、と付け加えた。

その人にはその人の人生があるし、それは、その人のものだ。他人がどうこう言えることじゃない。

「……お母さんから聞いてるのかな。……私のさ、両親はさ、私が小さい頃に離婚しちゃって」

少女は顔を伏せ、ぽつり、またぽつりと話し始める。

「お父さんともたまに会うんだけど、面白くて、大人らしくなくて、好きだなって思う。でも、お母さんはそのお父さんの自由さ？　みたいなものが嫌いみたいで……」

「………」

「お父さん、いい年なのにフリーターだし、すぐ転職するし……。そういうのが、お母さん的には嫌だったみたい。それに、そのお母さん自身も非正規でさ……。そういう自分も、嫌みたいなんだ」

俯いたままで言葉を紡ぐ。

「だからかな……。私には、すっごくうるさいの。小さい頃からね。ちゃんと勉強しろ、大学に行って公務員になれ、ちゃんとした相手と結婚しろ、って。……〝ちゃんとした相手〟って何？　って思うんだけどね。結婚するもしないも、私の自由のはずなのに」

それは言葉を選ばずに表現すれば、「大人の悪癖」だった。

僕も大人になったから、なんとなく分かる。目の前にいる彼女ではなく、お母さんの気持ちがだ。

大人という生き物は、子どもに自分の失敗を繰り返してもらいたくないと思っていて、その想いが強過ぎると、あれをしろ、これはしちゃダメだと繰り返すばかりになって、子どもの選択肢を狭めてしまう。

本当は、子どもの人生は子どものもので、もしかしたら失敗すらも、その子の自由かもしれないのに。

「私ね、実は夢があるんだ」

顔を上げた少女は、僕の方を真っ直ぐに見た。

「そうなんですか？」

「うん。お母さんには言わないでくれる？」

「はい、もちろん。僕達ソーシャルワーカーには守秘義務がありますから、静市野さんが言ってほしくないのなら言いません」

「小説家になりたいの」

彼女は言った。

曇りのない眼で。

「作家に？」

「うん。学校で将来の夢を書かないといけない時には、公務員とか、先生とか書いてたけど、本当は小説家になりたい。面白いお話を沢山書いて、私みたいに学校とか家とかつまんなくて息苦しいと思っている子達を楽しませたい」

「素敵な夢じゃないですか。僕が静市野さんくらいの年の頃には、夢なんて何もなかったですよ」

今の仕事は好きだけど、彼女の眼差しを見ていると、素直に「羨ましいな」と感じてしまう。

僕も、そんな夢が欲しかった。

何かを目指して一生懸命になる経験もしてみたかった。

努力の苦労とか、夢破れる辛さを知らないからこそ、そう思えるのかもしれないけれど。

その悲しさも苦しさも、夢を持ち、それを目指さなければ得られないものだ。

「そう？　変じゃない？」

「まさか。全然変じゃないですよ」

静市野さんは照れたけれど、すぐに「でも、お母さんは反対すると思うんだ」と続けた。

「深夜に出掛けてたのはね、小説のプロットを考えてたの。静かな街を一人で歩いて考えるの。どんな話を書いたら楽しんでもらえるだろう。どんな話を私は書きたいだろう、って。そうすると、不思議と段々、嫌な気分もなくなっちゃうの」

体調が悪いと嘘を吐いて早退し、やっていたことは小説の執筆だったという。賞の募集締め切りが近いのだという。図書館や公園の人目の付かないテーブルに座って、四百字詰めの原稿用紙に鉛筆を走らせていた。

真相を聞いて、僕は思わず笑みを漏らしてしまう。

ほっこりとした気持ちになった。

なんて素敵なんだろうと。

そう、「なんて夢のある話なんだろう」と、思ったから。

「いつかはお母さんにだって言うの。だって、私の夢なんだもん。自分が進む路は、自分で決めたいから」

力強い言葉に、僕は「それが良いと思います」と笑い掛けた。

僕が大人だから、子どもである彼女を応援するのではなく。

僕がソーシャルワーカーだから、住民の一人である彼女を応援するのでもなく。

ただの『二ノ瀬丞』として、静市野さんを応援したくなったから。

「お話ししてくださり、ありがとうございます。夜に出掛けることや学校を早退することがそういう理由だと知れて、安心しました」

「うん。私も、ありがとう。私の話を聞いてくれて」

「いえ、そんな」

そんなのは、当たり前のこと。

同じ人間も同じ問題も存在しないと理解し、話しやすい雰囲気作りを心掛け、自らの感情に呑み込まれないようにしつつ、相手を決して否定せず、善悪を論じず、自己決定を支持する。

守るべき七つのこと。

……あれ、一つ足りないな？

そうそう、これも忘れちゃいけない。

「静市野さん。もし、あなたがお母様と話し合うおつもりで、でも、一人では不安だというのなら、僕達が協力することもできます。だから、もし良かったら、ご相談ください」

「うん。……分かった、ありがとう」

「もちろん、今回お伺いしたことを勝手にお母様にお伝えするということはありませんので、それもご安心ください」

七つ目は、秘密を保持すること。

ソーシャルワーカーの守るべき七つのこと。

「それと……。相談の記録をしなければならないので、今更なんですが、改めて、お名前を頂戴してもよろしいですか？」

「お母さんから聞いて、知ってるでしょ？」

「はい。ですが、僕がお話をお伺いしたのは、あなたですから」

そっか、と少女は嬉しそうに微笑み、僕へと告げる。

自らのその名前を。

「私は静市野、静市野千代です。千代に八千代に、の『千代』」

「ありがとうございます。改めて、僕は二ノ瀬丞です」

「千代ちゃん、って呼んでくれればいいよ。『静市野さん』だと、私のことか、お母さんのことか分かりにくいから」

◇

それが夜、一人で歩いていた彼女、静市野千代との出会い。

……えっと、最後にもう一度、同じことを訊くって言ったよね？

質問を少し補足しようかな。

「あなたは自分で道を選び、歩いてみたことはありますか？」。

あなたの夢と、あなたが決めた進路（すすむみち）について、良ければ教えてください。

きっと、千代に負けないくらいに素敵なものだろうから。

【静市野　千尋】――事例継続（ケース）
【静市野　千代】――相談受理（インテーク）

君と想い出を乗せて

お昼下がりを過ぎて、夕方の時間帯に差し掛かってくると、学校帰りの子ども達を見掛ける。

そういう光景を見た際に、時折、「あんな風に下校することも二度とないんだな」という感想を懐いてしまうのは、僕が大人になったっていうことなのかな。

二度と戻ってくることのない青春時代に想いを馳せ、感傷に浸るのは大人の特権の一つだけど、それでも、やっぱり少しは寂しくなっちゃうよね。ああ、大人になっちゃったな、って。嫌なわけじゃないんだけどさ。

ああ、そう言えば、いつだったか千代に、「学生時代の思い出を教えて」とねだられたことがあったっけ。「とびきり甘酸っぱいやつね」との指定付きで。

現役の女子高生であり、青春時代真っ只中の千代は、年相応に恋愛に興味があるんだけど、今のところ、そのお眼鏡に適う相手とは出逢っていないみたいだ。その年齢から焦ることもないだろうと多くの人は思うだろうが、これは小説のネタに関する話。要するに、自分には恋愛経験がないから、その埋め合わせとして、人の恋バナを聞きたいってこと。彼女は想像、あるいは妄想で恋を描くよりも、現実にあった話を参考にして物語を作り上げる作家らしい。分からなくもないよ、リアリティこそが面白さに繋がる、エンターテイメントなんだ、って考え方もあることだし。

　さて、じゃあ二ノ瀬少年に〝とびきり甘酸っぱい思い出(やっ)〟があるかと問われると、正直、よく分からない。あった気もするし、なかった気もする。詳細は秘密だ。大人として、ある程度はあったように振る舞うけど。この年で恋愛経験がないと、恥ずかしい気がしてるし。

　……そんな風に考えてるの、僕だけ？

　一応、大学の友達に「青春だねえ」とからかわれた思い出はある。中学の夏、クラスメイトの女の子を自転車の後ろに乗せて、近くの映画館へ行ったんだ。彼女とか恋人とか、そういう関係の相手ではなかったんだけど、その子から誘われてさ。観たのはジブリの新作だった。感想を話しながら、また二人乗りして帰った。懐かしいな。

　でもこんな話、千代にはするわけにいかない。

　え、なんでって？

　そりゃあ、一応、社会福祉協議会という公共的な組織の大人ですから。もう十年近く前のことだといえども、自転車の二人乗りの思い出を披露するわけにはいかないでしょう。

　その子とは今でも仲が良い。

　勿論、今は二人乗りなんてしないけどね。

◇

我がK町社協では、ひきこもりの方や、そのご家族さんを対象としたサロンを開催している。その名もずばり、『ひきこもりのサロン』。直球のネーミングだ。

主に課長が担当している事業で、他の相談課の職員、つまり僕とかがするのは、お手伝い程度。職務の振り分けの関係もあるだろうけど、シンプルに、お子さんを持っておられるのが課長だけってことが大きい。僕達は相談者さんの心に寄り添おうと努力するけれど、こと自分の子どもに関する心配となると、経験の差が大きい気がしている。

サロンですることは、大きく分けて二つ。一つは、ひきこもりに関する書籍をみんなで読み、理解を深めること。もう一つは参加者全員でお茶を飲みつつ、自由に、思い思いの内容を話すことだ。

一般の人からすると意外かもしれないけれど、実は、後者の方が大事。他の人と悩みを共有できない、他人に話せない、っていうのは、凄くしんどいことだから。だから、似たような状況の人で集まって話すだけでも、心が楽になったりする。

「そう言えばニノ君のこと聞かれたよ」

梅雨が続く、ある六月のことだった。

夕方、サロンを終えて戻ってきた課長が腰掛けながら言った。

斜め前の自分の席で事務仕事をしていた僕は、タイピングの手を止めて聞いた。

「今日の参加者さんにですか？」

「うん。娘さんがニノ君の同級生やって。中町深雪ちゃんって子」

「ああ」

確かに中学の同級生だ。最近は会う機会もめっきり減ったけど。

……今、何してるんだろ？

そんな僕の心情を察したわけではないだろうが、草内課長は、

「最近、ひきこもりがちだから、お母さん、心配でサロンに来たんやって」

と続けた。

そうなんだ……。あの深雪が、ねえ……？

「車椅子に乗ってはるんやってね」

「そうですね。僕が記憶している限りでは、ずっとそうです」

あの春の日に二人乗りをすることになった理由もそれだ。彼女は自分では自転車に乗れない。だから、彼女から頼まれたのだ。

「仲良かったん？」

「良かったと思いますよ。元は、通っていたピアノ教室が同じで、中学が一緒になったんです。クラスも一緒になって」

「へえ」

「発表会では連弾したこともあります。もう随分前の話ですけど」

「そうなんや。うちの子にも習わせようかな」

パソコンを立ち上げながら課長は言った。

「ニノ君はどうしてピアノを？」

「うーん……。それが、覚えてないんですよね」

「覚えてないん？」

はい、と頷き、次いで首を傾げる。

「僕の家、姉がいるんですけど、その姉達がピアノを習っていて……。その様子を見て、『僕もやりたい』って言ったのがキッカケらしいんですが……。僕自身は、全く記憶にないんです」

「何歳頃からやってたんやっけ？」

「五歳ですね」

「それは覚えてなくても仕方ないな！」

課長はおかしそうに笑い、僕も「ですよねえ」と笑い返した。

『中町深雪』という少女といつ出会ったかについては、ピアノを始めたキッカケと同じく、記憶にない。物心付いた頃には既に友達だった。幼馴染み、って分類になるのかな。

同じ課題曲を練習したことや発表会でアンサンブルをしたこと、お互いの家に遊びに行ったこと。思い出は沢山あるけれど。

中学になって、同じクラスになってからは、日常での他愛もない会話も増えた。合唱コンクールの時には、並んで伴奏も担当したっけ。深雪はピアノが上手だったし、結構評判になったな。

今でこそ、呼び捨てにしているけれど、幼い頃は「ミユちゃん」と呼んでいた。

それが恥ずかしいと言われて、「深雪」呼びになったのも、中学の頃だ。

『呼び捨てにしてよ、もうお互いに中学生なんだし』

彼女は言った。

『私も「二ノ瀬」って呼ぶから』

あ、こっちは苗字の方を呼び捨てなのね。

……そんなことを思ったのを、よく覚えている。

七月頭の『ひきこもりのサロン』の参加者は、一人だった。

予約不要、参加自由の会なので、そういう日もある。

その一人は件の深雪だった。「今度はあなたが行っておいで」とお母さんに言われたそう。かく言う僕も、「次回は深雪を行かせるから、丞ちゃんが来てくれると嬉しいわ。きっとあの子も会いたがっているだろうし」という、深雪ママのお願いを受けて、手伝いに来たんだけど。

成人式以来だから、大体、四年ぶり？

福祉センターの玄関。久々に会った彼女は、肩ほどまで髪が伸びていた。でも、「深雪」という名前に反し、春の暖かな太陽を思わせるオレンジ色の瞳も、可愛いけれど気の強そうな顔立ちも、変わらずにそのままだ。

ブランドは違うだろうけど、あの頃と同じ、白のワイシャツにニットのベスト。彼女のオキニな組み合わせ。

「……久しぶり、二ノ瀬」

「うん、久しぶり。深雪さん」

「なによ」

と、彼女はいつもそうしていたようにそっぽを向き、

「さん付けなんて、気持ち悪いわね」

と続けた。

僕は苦笑いして、「仕事中だからね」と応じる。

彼女はあらぬ方向を見続けながら、じゃあよろしく、と口にした。

あの頃のままの調子で。

僕は、はいはい、と笑いつつ、彼女の後ろに回ると、車椅子のグリップを握る。

「動かすよ」。そう一声掛けてから、ゆっくりと押し始める。中学時代、いつもそうしていたように。

「二ノ瀬、いつからここにいるの？」

「社協に勤め始めた頃の話？　それとも、いつから福祉センターにいるかって話？

どっちも、大学出てからずっとだよ」

「あっそ」

質問した割に素っ気ない彼女は、いいわね、と呟いた。

「こっちは車椅子ってだけで仕事が見つからないっていうのに」

「都会の方にはありそうなもんだけど」

「ないわよ。それに、通勤が大変なのよ。大学時代の経験で痛感してる」

彼女の言う大変は、彼女自身が大変というより、介助を行うことになる駅員さんや大学のスタッフさんが大変、ということなんだろう。そういうところを、昔から気にする子だった。

難しい問題だ。僕は気にする必要なんてないと思うけれど。

あ、そう言えば。

「深雪」

「なによ」

「今日は押していくけど、今度からは自分で移動してくれる?」

「……なんで」

「僕、資格がないんだよ」

サロンが行われる一室に向かいながら僕は言う。

「福祉の資格、取ったんじゃないの？」

「社会福祉士と精神保健福祉士はね。介護福祉士みたいな、直接的な援助をする為の資格は一つも持ってないし、そういう職種でもないから、何かあった時に責任が取れない」

「なによ、他人行儀に」

また彼女はそっぽを向く。

そういうものなんだよ、と僕は彼女を宥める。

深雪が不機嫌になって、僕が苦笑して。これもあの頃と同じだ。

「お母さんから聞いてると思うけど、相談はうちの課長が担当するから。友達や、知り合いだから言えないこともあるだろうし」

「それは……。そうね」

深雪は小さく頷いた。そうね、ともう一度。

しかし、不思議なもんだ。

今や僕は相談援助職。あの頃は、僕の方が相談に乗ってもらっていたというのに。

◇

僕こと二ノ瀬丞はもういい大人だけど、実のところ、大人になる前、二ノ瀬少年時代からうつ病のケがあった。

時々、無性に死にたくなったのだ。

一般的な落ち込みとうつ病の分かりやすい見分け方として、原因や因果関係のあるなしが上げられる。恋人や友達と喧嘩（けんか）した、財布を落としてしまった、大事な会議に寝坊した……。そういう、気を落とす原因がはっきりしていて、気分が下がるのは、普通の落ち込みだ。

うつはそうじゃない。理由なく、何もかもが嫌になる。うつ状態が長く続く。

それが普通のことじゃないってことは中学の頃には分かっていた。でも、分かっていたからこそ他人には言えなかった。

誰にも言えない秘密。

その秘密を、はじめて伝えられたのが深雪だった。

『……ねえ』

『なによ』

『……時々さ……。……理由もないのに死にたくなったりすることってない？』

ある日の放課後のこと。

日暮れ間際の教室だった。

僕はそれなりに勇気を出して打ち明けたというのに、深雪はあっさりと、「ないわよ」と切り捨てた。昔から彼女は素っ気ない。

けれども、こう続けた。

『それ、二ノ瀬の話？』

『…………うん』

『……私は二ノ瀬が死んだら悲しいよ』

『……。そっか』

当たり前じゃない、と彼女はそっぽを向いた。

彼女は覚えているのかな。

覚えているといいな。

深雪は深い考えなく言ったのかもしれないけれど、僕はその一言で、結構救われたんだよ？

◇

サロンを終えた深雪を玄関まで送る。

その顔色は、どこか少し柔らんでいた。色々と課長に話して、楽になった、ってことだろう。小さな変化でも、親しい間柄の相手だと分かるもんだね。深雪はつんけんした態度であることが多いから、余計に分かりやすいのかもしれない。

「二ノ瀬」

「なに？」

「今度、ご飯でも食べに行きましょ。アンタの運転でね」

靴を履きながらの彼女の誘い。

返事など決まっていた。

「勿論。平日は六時くらいからなら動けるし、土日は大体、休みだから」

「あっそ」

……ほっこりするね。

僕は深雪が駐車場の車に消えるまで、彼女の背中を見続けていた。

結局のところ、深雪がひきこもりがちな理由は明白なのだ。

外に出る理由がない。だから、部屋に居がちになってしまう。一口に、「ひきこもり」と言っても、その状況は様々だ。精神疾患の人もいらっしゃるし、そうでない人もいる。深雪は多分、病気の類ではないだろう。

車椅子生活であることが大きなハードルとなって、就労が難しい。就労が難しいということは毎日の仕事がないということで、ルーチンワークとしての「外に出る用事」が存在しない。だから、ひきこもりがちになる。

理屈としては、会社生活をリタイアした高齢男性がこもりがちになるのと同じだ。そっちもそっちで、社会問題化している。

障害のある人向けの就労支援には、「A型就労」や「B型就労」と呼ばれるものがあるけれど、それだって、一般の職種に比べれば絶対数が限られているし、仕事内容や雰囲気に合う・合わないもある。

……うちの社協の事務で雇ってもらえないかな？

そんなことを考えつつ、事務所の机に戻ると、課長から「お疲れ」と声を掛けられた。僕は「こちらこそ、ありがとうございます」と応じる。

僕の友達の相談に乗ってくれて、ありがとうございました。

「凄く賢くて、丁寧な子やね」

「勉強に関しては昔から良かったですよ。大学は別でしたが、そこの成績も良かったと思います」

「丁寧な子」かどうかは僕には分からないけれど。

僕に対してはいっつもつんけんした調子だし。

「いまいますぐに対処しないといけないって感じではないけど……。難しい問題やね。ボランティアとかでもいいから、外に出る機会があるとええんやけどね」

「そうですね……」

記録書けたら回覧するわ、と課長は言って、

「二ノ君も、ちょっと考えてみて」

と、続けた。

ここでの「ちょっと考えてみて」は、望ましい対応やこちらの支援策、利用できる制度や制度外サービスについて、何があるかを考えてみてほしい、ってこと。社会資源は意外と沢山あるものだ。

さて、僕は彼女に対して、何かできることはあるだろうか？

あの日の恩返しというわけじゃ、ないけれど。

◇

『二ノ瀬はさ、将来、何になりたいの？』

あの日、映画館からの帰り道。

後ろに乗った彼女が問い掛けてくる。

『仕事ってことー？』

僕は、背中に伝わってくる体温に、自分でもよく分からない感情を抱きながら、大声で問い返した。風の音に、街の喧騒に、掻き消されないように。この瞬間を思い出として刻み付けるように。

深雪は、「なんでもいいわよー！」と声量を上げて、

『ゆーめー！』

と言って、くすくすと笑った。

将来の夢。

自分が何になりたいか。

そんなこと、考えたこともなかったな。

両親が公務員だから、僕も当たり前に公務員になるものだろうと思っていて、それ

でいいだろうと考えていて、だから、学校の宿題としての『しょうらいのゆめ』じゃなく、友達に訊かれて、戸惑ってしまった。

だから、僕はこう返したのだ。

『深雪はー？　あるのー？』

『夢ー？』

『そうー！』

一拍置いて、彼女は一際大きな声で言った。

『あるわよー！』

『そうなんだー！』

また彼女は笑う。

『訊きなさいよー！』

『深雪の夢ってー⁉』

『おーしーえーなーいー！』

なんだよそれー、と言い返そうとした瞬間、小石を轢いて二人乗りの自転車が大きく揺れた。僕は倒れないように必死でハンドルを操作して、やがて始まる坂道を、ゆっくりと下っていく。ブレーキを握り締めて、ゆっくり、ゆっくりと。

彼女はそこから、ずっと黙っていた。

深雪の夢はなんだったのだろう。

彼女は夢を叶えたのかな。

どちらも分からないままだ。

◇

不眠症による寝不足状態でいつもの喫茶店に赴くと、通い慣れた店内には見知った顔があった。

ワンサイドアップに、子犬のような大きく黒い目の少女。

千代だった。

珍しくカウンター席に座っていた千代は、僕に気が付くと、「おはよー」といつものように挨拶し、隣の席をとんとんと叩く。ここに座って、という意味らしい。断る理由もなかったので、厚意をありがたく頂戴し、隣に腰を下ろした。

注文したカプチーノを待っていると、千代がふと口を開く。

「ニノ君、考え事？」

「え？」

「それっぽい顔してる」

……………僕、そんなに顔に出やすかったっけ？

それとも作家を目指す人間は観察眼に優れるものなのかな。大抵の物語には人が出てくるし、人を描く、ってことは、人を知らないといけないってことだからね。前にやたらと恋バナを聞きたがってた時期があったけど、本質的にはそれと同じ。

朝からぼーっとしながらも、なんとなーく、深雪の今の状況や過去の思い出について考えていたことは事実なので、千代の指摘は大当たりだ。

「うーん、まあ、そうかな」

僕がそう告げると、千代は勝ち誇るように胸を張った。

「じゃ、私が相談に乗ってあげる！」

「千代さんが？」

「む、千代ちゃん！」

「……千代ちゃんが？」

怒られてしまったので仕方なしに言い返すと、

「そう、千代ちゃんが！」

と、彼女は笑った。可愛らしい笑みだった。

……モテるだろうな、この子。恋愛経験はないようだけど。

「そして光栄にも小説の参考にしてあげます！」

「ははは、そりゃいいね」

カプチーノを受け取りつつ、僕は言う。

「まあでも、仕事についての考え事だから、千代ちゃんには言えないな。いつも言ってるけど、僕達には守秘義務がある」

「む、お仕事のことなんだ……」

「そう、お仕事の」

友達のことでもあるけれど、それを伝えると話がややこしくなりそうなので、やめておく。

「大人って、休みの日も仕事のことを考えてるの？」

「それは職種によるかな」

あんまり良くないとは思うけど。

切り替えと気分転換は大事だ。仕事が楽しくても、休みの日くらいは別のことをした方がいいだろうし、楽しくないなら尚のこと。これはソーシャルワーカーとしての考え方じゃなく、僕の持論だけど。

それでも、僕達にだって緊急時の対応はあるし、そういう時は休日だろうが深夜だろうが関係ない。

「ニノ君は休みの日に仕事がある方？」

「日直じゃなければあんまりないよ」

「日直だとあるの？」

「日直だからね」

というか、日直はそもそも休みじゃない。

「土曜も事務所にいて、何かあった際に対応するのが、日直の仕事」

「ふーん……。一人で福祉センターにいるの？」

「まあ、そうだね」

「暇じゃない？」

エスプレッソで口を湿らせた千代はストレートに質問をぶつけてくる。

僕は、「暇だよ」と応じて、続けた。

「だから、ある程度は自由が許されてるよ」

「へー。テレビ見たりとか？」

「それはダメ」

「じゃ、スマホでゲームするのは？」

「それもダメ」

一応、仕事中だからね。

「じゃあ、みんな、何してるの？」

「溜まっている仕事を片付けるか、読書かな。あとは、資格の勉強したり」

「ぜーんぜん楽しくなさそうだね」

言って、千代は肘を突く。

「何かあった際、って、具体的にはどんなことがあるの？」

「独居で家族もおられない人が救急搬送されることとか、かな。家族がいないと、自然と一番結び付きが強いのがケアマネさんや社協職員になるから、そういう緊急時の対応をしてる」

「へー……。大変な仕事なんだね」

「治療の同意はできないけど、そういう場面で救急車に同乗したり、身元を証明したりは結構あるよ」

勤め始めて数年の僕でも経験してるくらいだ。

千代は、「暗い話は嫌いだな」と呟き、

「あ、そうそうニノ君、またピアノ聞かせてよ」

と話を大幅に転換した。

唐突だな……。

別にいいんだけどさ。

「急にどうしたの？」

「学校でね、『男の子でピアノ弾ける子ってカッコいいよね』って話になったの。だから、本当にカッコ良く見えるかの実験」

「それはまた……」

どうにも、言い回しが「偏見交じり」と言いますか、「レッテルを貼ってるよう」と言いますか……。反応に困る話題だな……。

千代は両手で頬杖(ほおづえ)を突いて言った。

「カッコいいよね、そういうの。羨ましいなー」

「千代ちゃん、楽器は？」

「私はリコーダーしかやったことないよ。それも今できるかは分からないし。歌うのが専門！」

「じゃあ、僕の伴奏に合わせて歌ってもらおうかな」

それはちょっと恥ずかしいかな、という千代には、「冗談だよ」と返しておく。

メロディーを耳コピして簡単な和音を付けるくらいなら今でもできる。

「ニノ君って何が弾けるの？」

「『となりのトトロ』なら、すぐに弾けるよ。ポップスなら、『そばかす』とかが弾けるかな」

「楽譜なしで？」

「うん。指が覚えてるから」

聞くところによると、ピアノ履修者でも、幼い頃に習った楽曲をずっと弾けるというのは珍しいらしい。普通の人は楽譜を見て思い出すみたいだ。僕は耳で覚える方だから、気に入った曲はずっと弾ける。

彼女は感心したように「凄いね〜！」と拍手をしてみせた。

「もう、既にカッコいいよ。惚れ直しちゃいそう」

「元々惚れてないでしょ」

「えへへ」

まったく、ほっこりするね。

と、その時ふと、あることを思い付いた。そう、一つの支援策を。

誰も困ることがなく、むしろ誰もが喜ぶような案を。

「千代ちゃん、ピアノの披露はちょっと先でもいいかな？」

「いいけど……。なんで？」

不思議そうな千代に、僕は続けた。

「これから練習することになるかもしれないからさ」

デイサービスや特別養護老人ホームのような高齢者施設には、時折、ゲストが来訪することがある。地域の人々がボランティアとして訪れてくれるのだ。

合唱クラブの皆さん、琴教室のご婦人方、中学の吹奏楽部。K町社協のデイサービスには、そういった方々がボランティアで来ていただける。来て下さるグループさんにとっては、練習成果を発表する良い機会でもある。

季節は八月。K町社協デイサービスセンターの夏祭りの日。

「そろそろだね」

「……そうね」

司会を務めるデイ職員が、「今日は特別ゲストが来てくれています」と声高に案内する。

隣を窺う。深雪は緊張しているようだった。でも、乗り気じゃないわけではないだろう。これまでの間、彼女はずっと楽しそうだった。「うちのデイサービスで一緒に演奏しない？」と誘った時から、ずっと。

自分の能力を生かしたい、誰かを喜ばせたい。それは人として当たり前の感情であり、願いだ。けれども、深雪のように障害を持つ人は妙な風に配慮され、その結果として活躍の機会を奪われてしまうことも多い。

僕達にできないことが沢山あるのと同じように、彼女にも、できることは沢山あるっていうのに。

司会が僕達についての紹介を終えた頃、彼女は小さな声で言った。

「……ありがとう」

僕は「どういたしまして」と笑って、彼女と一緒にデイサービスの大広間に足を踏み入れる。

観客であるデイの利用者さんは、車椅子姿の深雪を見て、驚いたようだった。けれど、そんなことで動揺するような彼女じゃない。僕も同じだ。深雪は深雪だ。ピアノの上手な、素敵な女の子。

僕達は揃って一礼をして、アップライトピアノの前に並んで座った。

顔を見合わせて、呼吸を揃えて。

第一小節は副旋律の僕から。楽曲は『となりのトトロ』。やがてメロディーラインを担当する深雪が指を動かし始める。約十年振りの連弾だ。

職員が音頭を取って、歌を歌う。デイサービスの利用者さん達も、手元の歌詞カードを見ながら、口々に歌っている。今年の夏祭りのトリは深雪と僕の演奏と利用者さん達の合唱だった。

深雪が丁寧なタッチで最後の音を置く。

続く曲は、『いつも何度でも』。大ヒットした『千と千尋の神隠し』のテーマソング。悲しさを抱いて、それでも夢を見て、新しい景色を知る。繊細で柔らかなメロディーが部屋を包み込んでいく。

深雪選曲のメドレーは、ラストの曲になった。最後は『風になる』。昔から彼女が大好きな曲だ。

伴奏をしながら隣の彼女に目を遣った。彼女は微笑みを湛えていた。あの頃、一緒にアンサンブルをした時と、同じように。僕も嬉しくなって笑う。二人で旋律を紡いでいく。

……ねえ、深雪。

君は、覚えてる？

沢山の曲を一緒に練習したよね。

映画館で観た作品。二人乗りをした帰り道。僕が君に打ち明けたこと。君が僕に言ってくれたこと。そんな過去の全部が、今の僕を作っている。そんな過去が少しでも、今の君に繋がっていたらいいな。

ねえ、深雪。

もしかしたらさ、僕はあの頃、君のことが好きだったのかもしれない。

まだ子どもだったから、人を好きになるとか、よく分からなかったけど。

今なら分かるよ。

ねえ、君はどうだった？

僕のこと、どう思ってた？

……なんて、口には出せない想いを指先に込めるのは、卑怯かな？

もう自転車の後ろに君を乗せることはできない。一緒に坂道を行くことはできない。

僕達は、大人になっちゃったから。青春は過ぎちゃったから。それが今は少しだけ悲しいよ。

でもね、これだけは知っていてほしいんだ。
君が困っているのなら、僕は協力したいと思ってる。
君は、大切な友達だから。
僕は、社会福祉協議会のソーシャルワーカーだから。
あの頃の僕に夢はなかったけど、こんな風な大人になれて、結構満足してるんだ。
だから、いつでも頼ってよ。
どうでもいいことも、沢山話そう。
ねえ、深雪――。

演奏後、彼女をお母さんの自動車まで送り届けた時のことだった。
「……今日の演奏。あんたにしては、まあまあだったから」
深雪は疲れているようだった。演奏は楽しかったけど、その後の色んな人からの大絶賛がね……。そんなに大したことはしてないんだけどな。僕も正直、疲れた。うん、ほっこりした。
彼女も、満足そうだった。

だから僕も言うのだ。

「深雪の演奏はいつも通り、満点だったよ」

「あっそ」

そっぽを向いた彼女は、それでもはっきりと告げる。

「でも、お陰で夢を思い出したわ」

「夢？」

「私、ピアノの先生になりたかったんだ。ずっと夢だったのに、色々大変で、忘れちゃってた」

そうだね、と僕は静かに頷いた。

彼女の色々の中には、想像もできないような大変さも多くあったはずだ。

でも、深雪はこう言ってくれた。

「今からでも目指してみようと思う。とりあえず音大の入学条件について調べてみようかしら」

「うん。応援するよ」

今日の出来事がキッカケで、少しでも彼女が前を向けたのなら。

それはこれ以上ないほどに素敵で、嬉しいことだと思う。

子どもの頃の僕に夢はなかった。
でも、後悔はない。大人になった今の自分は、好きだ。
だってそう、大人として、大切な友達を手助けすることができたのだから。

【中町　深雪】——事例(ケース)終結

私の気持ちを聞いてよ

僕の好きな小説では、自殺のことを——正確には、自殺した後に残るもののことを、「真空の傷」と喩えている。言い得て妙だ。

やっぱり一流の作家は違うよね。

一流どころか、作家ですらない僕は、そういった気が利いた言い回しはできないから、自殺に関する相談を受け付けた際には、「お気持ちは分かります」という言葉を返すに留めている。死のうとしたことも、もちろん実際に死んだこともないけれど、死にたい人間の、死にたいという気分だけは分かるつもりだ。

生きているのが、どうしようもないくらいに嫌になる。理由はあったり、なかったり。確かなのは、不安と虚無感に心が押し潰されそうなことだけ。

実のところ、自殺が本当に悪いことなのかどうかも、僕は分かっちゃいないんだ。命の大切さや生きたくても生きれなかった地球の裏側の誰か、あるいは尤もらしい経験談を滔々と説かれても、心は動かないし、腑に落ちない。辛さも苦しさも変わらないしね。

抗うつ剤に抗不安薬、睡眠薬を纏めて缶チューハイで流し込み、それでも眠れない夜に思うのは、生まれてきた意味や生きている理由。考えても仕方がないってことは分かってるんだけど、でも、「答えが出ないから考えない」「まず生きることを前提にする」っていうのは逃げに思えてしまう。

それって思考の放棄じゃない？

こんな人間がソーシャルワーカーをやっていていいんだろうかとも考える日はしょっちゅうだけど、同じくらい、「こんな奴がいてもいいんじゃないか」と思える日もある。少なくとも僕は根拠のない励ましとか、耳障りが良い故に不愉快に聞こえちゃう教訓とか、そういうことを言ったりはしないからね。自分が言われて嫌だから。

きっと僕は、そしてあなたも、心の底では分かってるんだ。生まれてきた意味も、生きている理由も、自分で見つけるしかないってことに。

ほら、あのイギリスのロックバンドだって言ってるだろう。「自分は自分にしかなれない」って。「自分にならないといけないんだ」って。

僕達はみんなそうなんだ。

でも、急がなくていいよ？

代わりに見つかったら教えてくれる？

あなたが見つけた、あなたの答えを。

◇

僕が、「勤務時間中に麻雀を見る」という、極めて珍しい経験をしたのは、二年目の十月のことだった。

場所は、とある区の古い集会場の一室。一室、とは言っても、この建物に部屋は二つしかない。一つは和室で、もう一つはここ、土足で使える会議スペースだ。

日本の行政の基本単位は市町村だけど、それをもっと細かく区切った地域が、ここで言う『区』。

正確に説明すると順序が逆で、行政や経済の都合で、地区や集落を複数集めて一纏まりにしたものが、市や町や村なんだと思う。現代の都市論風に言うなら、「地域コミュニティ」になるかな。

流石に、「町字」って用語だと伝わらないよねえ？

話を戻すと、区は、独自の自治組織を持っていることが多い。「自治会」とか、「町内会」とか、「班長会」とか呼ばれる集まりで、この集会場も、元はそういった組織に使われていた。

基本となる産業が農業や漁業といった第一次産業から、第二、第三次産業に移り変わる中で、あるいは、行政機構が整備されていく中で、自治会の役目は減っていったと言われている。

だって、昔みたいに自分達で道を整備することや、墓地を共同管理することはあまりないからね。

集まりがあっても、今では公民館もあれば、町役場の会議室もあるし、福祉センターみたいな施設だってある。だから、この集会場は、名前に反して集会で使われることはあんまりない。

じゃあ、何に使っているのか？

その答えの一つが健康麻雀だった。

まあつまり、地元の高齢者さん達のサロン活動の場として活用されてるわけ。「サロン活動」は、高齢者の方などが集まって、交流したり運動したりする事業のこと。

正式名称は『ふれあい・いきいきサロン』だったかな？

全国社会福祉協議会が推進している事業で、日本には色んな名称のサロンがあちらこちらの街にある。このサロンの利用者は高齢者が主だけど、場所によっては、子育て世代や専業主婦・主夫さんも参加していたりして、地縁が薄くなった現代で貴重な世代間交流の場になっている。

その日、僕は福祉有償運送という事業の勉強として、車椅子の方向けの送迎サービスに同行していた。

今回の利用者は高橋さんというおばあちゃんで、以前はこのサロンにも来て、昔馴染みと麻雀を打っていたんだけど、転倒がキッカケで車椅子生活になってから、そういう機会がめっきり減ってしまっていた。

人との交流が少なくなるのは認知症やサルコペニアの原因の一つとされている。フレイル予防には、サロン活動が効果的らしい。

……ちょっと難しいかな？　『サルコペニア』は「加齢に伴い筋力量が低下していくこと」で、『フレイル』は、「要介護認定手前の状態」のこと。要するに、「人と会って話したり遊んだりした方が、頭も身体も老化しにくいですよ」ってことだ。

そんな高橋さんの近況を心配した地域課の職員が、送迎サービスのことを紹介して、この度、めでたく利用となった。

高橋さんを雀卓前にお連れして、とりあえずは仕事終了だ。

「そうしたら、終わりましたらお電話してくださいね。十分から二十分以内にはお迎えに上がりますから」

「すまんねえ」

「いいえ。あ、じゃあ一つだけお約束していただけますか？」

僕はニヤッと笑って言った。

「九蓮宝燈(チューレンポートウ)はアガらないでくださいね」

高橋さんを含め、卓を囲んでいた皆さんは、「そうやなあ！」「よう麻雀知っとるお兄さんやで！」と手を叩いて爆笑した。

……良かった、ウケてくれて。

九蓮宝燈は麻雀の役の一つ。役満だ。けれど、その成立難易度の高さから、「アガった者は九蓮宝燈で運を使い果たしたので死んでしまう」という有名な噂(うわさ)がある。

死ぬほど幸運でも死んでほしくはない。

皆さんには健康に、長生きしてもらいたいから。

◇

月日が経つのは早いもので、僕があの夜歩く少女・静市野千代と出会ってから、一年半近くが経過していた。

もう彼女は「夜に出歩く中学生」ではなく、小説家を目指す、快活な高校生になっていたけれど、いやあ、子どもってすぐに大きくなるね。ほっこりするよ。昔、会う度に「大きくなったね〜」と言っていた親戚がいたけど、大人になると気持ちが分かる。本当にすぐだ。

というか、年を取って、歳月が過ぎ去るのが早くなった気がする。

この間、二十歳になったと思ったら、もう二十四だし。

……あれ、僕って次の誕生日で二十四だっけ？　二十五か？

まあ、どっちでもいいや。

夜間の外出はなくなった千代だけど、相変わらず僕達はよく出会った。散歩道が被っているからだ。家も近いしね。

挨拶するだけの時もあるけれど、大抵は、会う度にどうでもいい話をしていて、今更だけど、相談者とソーシャルワーカーとしては僕の態度が自然過ぎる気がして、少しばかり反省している。

もう彼女は相談者って立場じゃないから、いいのかな？

難しいのは、じゃあ誰に対しても敬語で接するべきなのか、って問われると、そういうわけでもないこと。ですます口調は仕事上では当然の言葉遣いだけど、他人行儀と感じさせる部分もあって、時と場合に応じて、僕達は口調を変える。

僕の主治医の先生も、僕に対してはラフな言葉遣いだしね。

生きる上で接する相手はほとんど他人ではあるけれど、他人行儀なのはちょっと違うかもしれない。

彼女のことを考えていたのは全くの偶然だったけど、今日も僕は千代と顔を合わせることになった。

土曜の十一時過ぎ。

僕はいつものように、何をするでもなく散歩に出て、河川敷のコンクリートで固められた一角に腰掛けていた。

聞いているのはOasisのデビューシングル、『Supersonic』。ワーキングクラスのロックバンドらしいカッコいい曲だ。

流れる川を眺めていた僕が、ふと首を動かすと、見覚えのある姿が目に入った。

ワンサイドアップに、秋色のオシャレなブルゾン。静市野千代の髪型で、彼女らしい服装だったのに、僕は一瞬、その少女のことを千代だと認識できなかった。

彼女は俯いていて、足取りは重く、雰囲気は暗かった。らしくもない。

少なくとも、最近の千代らしくはなかった。

「千代ちゃん」

だから僕は珍しく、自分から声を掛けてみることにした。

どうやら拘りがあるらしい、ちゃん付けで。

「……ニノ君……」

顔を上げた千代を見て、僕は驚くことになった。

彼女の両目は真っ赤に腫れていたからだ。まるで、泣き明かしたかのように。

どうしたんだろう？　失恋でもしたのかな。

母親との関係が険悪になっている時期ですら、こんな姿は見たことがなかった。知ったような風な口振りだけど、本当に「千代らしくない」と思った。

驚きは続くことになった。

何故なら、次の瞬間、彼女が泣き出してしまったからだ。

「……うぅ……。ひっぐ、ううぅ……っ！」

「千代ちゃん？　どうしたの？　何かあったの？」

声を掛けつつ、ぼろぼろと大粒の涙を溢す彼女の肩を抱き、コンクリート柱の隣に腰掛けさせた。椅子やベンチが近くにあれば良かったんだけど。

内心ではかなり焦っていた。

だって客観的に見たら、大の大人が学生を泣かせた、みたいな状況だ。

人が悲しんでいる時に他人の視線とか、自己保身とか考えたくないけど、意識せずとも頭をよぎってしまうのは僕が大人になったせいかもしれない。もちろん、良くない意味で。

僕は、すぐに戻ってくるからね、と彼女の肩を二、三回叩いて、走り出した。

一番近い自販機で温かい飲み物を二つ買って、すぐにUターン。いなくなっていたらどうしようと思っていたけれど、息を切らして河川敷まで戻ると、ちゃんと彼女はそこに座っていた。

隣に腰を下ろし、両手で顔を覆う彼女に、お茶を手渡した。

「……っん……。ありがと……」

「どういたしまして」

僕は黙って、千代のことを見守ることにした。

彼女が、話したくなるまで。

あるいは、話したくならなかったとしても、落ち着いて、自分の中で心の整理ができるまで。

「……ごめんね、ニノ君……」

やがて絞り出されたのは謝罪だった。

「……ビックリしたよね？　迷惑だったよね……」

「迷惑じゃないよ。ビックリは、ちょっとしたけど」

嘘だった。

全然ちょっとじゃなかった。滅茶苦茶（めちゃくちゃ）ビックリした。

でも、わざわざ本心を言うようなことじゃない。こういう時、大人は余裕を持って、相手を安心させてあげるものだ。

それに。

「迷惑だったとしても、千代ちゃんは僕に、迷惑を掛けていいんだよ」

だって、そうだろう？

「僕は大人で、ソーシャルワーカーだから。困っている人を手助けするのがお仕事の人間なんだから」

僕の言葉を聞いて、彼女は小さく頷き、今度は「ありがとう」と言ってくれた。謝るのではなく、お礼の言葉を口にしてくれた。

それでいいと思う。それがいいと思う。

千代に限らず、どんな相談者さんでも、利用者さんでも。「迷惑を掛けて、ごめんなさい」ではなく、「手助けしてくれて、ありがとう」と言ってほしいし、そっちの方が、受け取る方としても嬉しいものだ。

なんなら、お礼すらいらないと思うよ。

だって、人は助け合って生活していくものだから。

僕だって沢山、色んな人に、助けてもらっているから。

「……ニノ君。私の話、聞いてくれる……？」

また、やや時間を空けて。

キャップを開け、緑茶を一口飲んでから、彼女は言う。

その答えだって、決まっている。

「もちろん。相談を聞いて、一緒に考えて、手助けするのが僕の仕事だから。千代ちゃんが話したいなら、だけど」

彼女はもう一度、「ありがとう」と口にして、ほんの少しだけだけど、笑みを見せてくれた。

それだけでも、こうやって話を聞いた甲斐があると思うんだ。

◇

「友達が自殺したんだ」。

彼女はそう言った。

詳しく話を聞いていくと、自殺して死んでしまったわけではなく、自殺を図り、入院している、ということだった。

専門用語だと「自殺企図」。自殺を企て、図ること。

自殺未遂した友達は、松原遥（まつばらはるか）という子。千代と同じクラスで、彼女の小説家になりたいという夢を知っている、数少ない一人らしい。

昨日、金曜日に千代が登校すると、松原遥さんの姿が見えない。

体調が悪いのだろうか？　と考えて連絡を取ってみるも、返信はなく、担任の先生に訊ねても、「そういう日もあるだろう」「事情があるんじゃないか」と、歯切れの悪い返事が戻ってくるばかり。千代はもやもやした気分で午前中を過ごした。

不確定ながら事情を窺い知ったのは、お昼休みのこと。

松原は自殺し病院にいるらしい、とクラスメイトが話しているのを耳にしたのだ。

千代はすぐに、噂していた男子生徒に真偽や出どころについて問い詰めた。その生徒曰く、自分も母親が話している内容を小耳に挟んだだけとのことだった。彼の自宅と松原家は近所だったため、救急車が来たことも分かったらしい。

その男子生徒が話していた内容が事実だったとして、その子の母親は誰から聞いたのか？　ということになるけれど、そこは、人の口には戸が立てられない、というやつかな。

……この辺りは本当に痛し痒しだ。そういった、ご近所さんの井戸端会議やひそひそ話を嫌って、近隣との付き合いが少ない都会に出て行く人も多いだろう。でも、そういった、プライバシーのなさと表裏一体の明け透けさのお陰で、課題が見つかることだってある。

ご近所さんの噂から、病気で倒れているところを発見できたり、精神疾患の悪化やセルフネグレクトが判明したりね。

誰もが自身の判断で受診、あるいは相談に赴ければいいんだろうけど、そう選択できる状況ばかりじゃない。精神を病んでいる際には判断力は低下するものだし、脳卒中で意識を失えば物理的にどうしようもない。

専門家の中には、プライバシーと見守りは二者択一だ、とまで言い切る人もいる。完全なプライバシーを求めるのなら、急病や突然死は許容しなければならないんだってさ。

今回の場合、当事者である松原遥さんにとって良かったのか悪かったのかは分からないけれど、千代にとってはプラスに働いた形だ。

大切な友達の一大事を知れたわけだしね。

彼女はすぐに職員室に行き、担任に詳細を訊ねたんだけど、デリケートな問題だ、当然、何も話してくれなかった。

当初の歯切れの悪さの理由も分かる。「自殺し、救急搬送されたので、今日は休みます」という連絡を受け取ったとして、他の生徒へ勝手に事情を説明するわけにはいかないよね。

担任の先生から情報が得られないと分かると、千代は迷いなく学校を抜け出し、松原遥さんの家へと向かった。

けれど、インターホンを押しても、声を掛けても、誰も出てこない。

きっと友人も、その家族も、まだ病院にいるんだろう。

そう推測はできたけど、そこで手詰まりになってしまった。

千代は失意と不安の中、帰路に就いた。夕ご飯も喉を通らず、自室で一人、時に心配と無力感で涙を流し、時にままならなさにクッションを壁へと投げ付けて、眠れぬ夜を過ごした。

そうして今に至る。

◇

説明し終わった千代はまた、「ありがとう」と呟いた。

「ハルのこと、誰かに話したからかな……。少しだけ楽になった」

「そっか。それなら良かった」

「ハルとはね、中学生の頃に知り合ったの」

「へえ。どんなキッカケで？」

「ハルが読んでた本。ライトノベルでね、私もその作品が好きだったんだ」

好きな漫画やアニメで意気投合し、そこから仲良くなる。

青春だなあ。

僕にも似たような経験があるから千代の気持ちはよく分かる。好きな本について語り合ったり、図書室で本をオススメし合ったり……。考えてみれば、社会人になって、そういう交流はなくなってしまった。きっと、自由に使えるお金が増えたからだろうけれど、千代達の経験はお金では買えないものだ。

「仲が良いんだね」

「うん。大事な友達の一人」

千代は僅かに笑う。

……ほっこりするね、本当にさ。

「その、ハル、って子、どんな子なの？」

「大人しい子だよ。あと、上品な感じかな。体育とか、見学していることが多いかな。そういう風な子。ニノ君が高校生の頃にもいなかった？　水泳の授業なんて、一度も出たことないんじゃないかなあ……」

「いたね、そういうクラスメイト」

特に女子に多い印象だ。

僕は泳ぐのが得意だから、水泳の授業は楽しくて仕方がなかったけど。

幼い頃からスイミングスクールに通っていた僕にとって、水泳は数少ない特技の一つだ。クロールならば学年で一番速かった。

「お互いに、クラスの一軍からはちょっと離れてたから、それも仲良くなれた理由だったのかも」

「今の子もそういう言い方するんだね」

「何が？」

「一軍」

クラスの中心的な女子グループや、明るい男子の集団のこと。お洒落で、大人びていて、流行りに敏感で、絶え間なくお喋りしている印象がある。アメリカ風に言うなら、スクールカーストの上位、「ジョック」とか、「クイーン・ビー」「サイドキックス」とかの集まり。

千代は、「そういうキャラの子達と、仲が悪いわけじゃないんだけどね」と付け加えて、

「でもたまに疲れちゃうんだ」

と、続ける。

これも気持ちは分かる。

千代は十二分に朗らかな性格の持ち主だけど、大体の場合、クラスの中心になっている女子達は、彼女と比にならないくらいのマシンガントークだ。

「ハルはね、落ち着いてて、賢くて……。静かだけど、凄く素敵な子なの。他の友達は分かってくれないけど……」

静市野千代という少女は、小説家を夢見て目指していることもあってか、子犬のよ

うに快活で明るい一方で、賢く、思慮深い一面もある。そういうところの波長が合う友達なんだろう。

僕はからかうように言った。

「いいじゃん、独り占めだ」

「独り占めかー。良い言い方するね、ニノ君」

それから一息置いて、千代が静かに口を開く。

「昨日からね、ずっと思ってたの。『ハル、痛かっただろうな』『苦しかっただろうな』って。私は友達なのに……。何も、気付けなくて、何も知らなくて、何もできなくて……」

「あんまり自分を責めちゃダメだよ。友達だからこそ言えないことだって、沢山あるものだから」

「そうかな……。そう、なのかな……」

「そうだよ。僕だって、自分の病気のことは友達に相談しないし、できない」

「そんなもの？」

「まあね。余計な心配をさせたくないから」

僕は自分の分のお茶を開け、喉を潤しつつ考える。

……ソーシャルワーカーとして、僕に、何ができるだろう？

こうやって千代の話を聞き、彼女の不安を和らげることくらいはできるだろう。それくらいのことは喜んで、いつだってやろう。

でも、それ以上のことは難しいかもしれない。

たとえば、千代と松原家の間を取り持って、友達と面会できるようにする、とか。友人である遥さん本人や、松原家の誰かから相談があれば、また違うんだけど……。

僕の思案を察したのだろうか。

千代は笑顔を作ってこちらに笑い掛け、立ち上がる。

「ニノ君、ありがとう。本当に、本当に気持ちが楽になったよ」

「うん。僕も本当に良かった」

「そろそろ帰るね。イッパイアッテナのお散歩、昨日サボっちゃったから、今日はしてあげないと！」

勢い良く走っていく千代の後ろ姿に、僕は声を掛ける。

「千代ちゃん」

「なに？」

「無理はしちゃダメだよ。話を聞くだけで良ければ、僕が聞くから」

分かってる、と彼女は笑って、走り去っていく。

それが心から出た笑顔なのかどうか、僕には分からなかった。

週明けの月曜日。

お子さんの保育園への送り出しがあったのか、始業時間ギリギリに出勤してきた課長に、千代から聞いた内容を話してみると、意外な回答が返ってきた。

「松原遥さん？」

「はい。高校一年生で、住所とかは分からないですけど」

「松原、松原……。相談があった人かもしれん」

草内課長はブリーフケースの中からプラスチック製のクリップボードを取り出す。

K町社会福祉協議会の通常業務は月から金の平日だけど、平日に時間を取るのが難しいだろうという考えの下、日直のいる土曜日は電話のみ受け付けている。急病のような緊急時の対応もあるしね。

相談課の職員以外が日直の場合、日直職員には相談者の名前と住所と電話番号を聞いておいてもらい、週明けに僕達に伝えてもらって、僕達の側から改めて連絡する。

僕達、相談課の職員が日直だった場合、電話で可能な範囲のお話を伺って、相談者の都合に合わせて面談日時を設定している。

先週の土曜日は課長が日直だった。

「えーっと、多分、そうやな。松原綾さん。その遥さんって子のお姉さんやと思う」

「どんな内容の相談だったんですか？」

「身内がリストカットした場合、家族はどんな対応をしたらいいか、みたいな感じ。実際にそういったことがあったんですか？　と質問したら、答えにくそうやったから、『無理には聞きませんので、お話ししたくなったら言ってください』って伝えたわ」

自殺に関しての相談も一般論を話しただけ、と課長は続ける。

つまり、「『自殺なんて良くない』と頭ごなしに否定しないでほしい」「『頑張れ』というような安易な励ましは推奨できない」というような内容だろうか。

詳細が分からない以上、具体的なアドバイスはできないし、僕達は自殺や心の病の専門家ではないのだ。

僕は社会福祉士資格を持っているけれど、この社会福祉士は、各種専門職の対比として、「ジェネラリスト・ソーシャルワーカー」と呼ばれたりする。社会福祉全般の業務を行う者、だから、万能家。

社会福祉の仕事は多岐に亘るから、その専門性も分野によって様々で、実際に就職してからの方が勉強することが多い。自殺に関してなら、精神科病院の医療ソーシャルワーカーさんは専門家と呼べるかもしれない。

病院によっては、「医療ソーシャルワーカー」という肩書きの人が配置されている。これは退院に向けた医療外の支援や、退院後のフォローを行うお仕事だ。具体的には、たとえば障害を負ってしまった場合には、障害年金の受給の仕方とか、福祉用具の借り方とかの相談に乗ってくれる。

精神疾患や心の問題の場合でも、在宅復帰後も継続して支援が必要になることが多いので、こういう人達が活躍することになる。僕達も、地元病院の医療ソーシャルワーカーさんとは頻繁に連絡を取る。

「どうなるかは分からんけど、もし松原さんとの面談がセッティングされたら、同行する？」

課長の問いに、僕は「はい、ぜひ」と返答した。

続けて、彼女は、

「ニノ君はどうすればいいなと思ってる？」

と訊ねてきた。

「どうすれば、ですか？」

「うん。どうしてあげたいな、とか、そういう方向性の話」

そうですね、と悩むような素振りをしたけれど、答えは決まっている。

「僕が相談を受けたのは静市野千代さんからなので、千代さんが、お友達の遥さんとお話しできる機会を設けられればな、と考えています。もちろん、遥さんの状態や自殺の理由にもよりますが……」

考えたくはないけれど、友人である千代が自殺の理由だって可能性もなくはない。あの子が悪意を持って接していたとか、無神経な態度を取ったとか、そういうことを想定しているわけじゃなくて、知らない内に想いが擦れ違っていたとか、気付かずに傷付けていたとか、そういうことだってある、というだけの話だ。

人と人との関係は、難しいものだから。

「分かったわ」

草内課長は満足そうに頷いた。

「千代ちゃんは二ノ君を信頼してるみたいやし、もし、千代ちゃんと遥さんが面会できることになったら、傍にいてあげたらええと思うよ」

「分かりました」

傍にいるだけしかできないかもしれないけど、傍にいることはできる。

それだけで十分な場面も、僕達の仕事では存在している。

「ああ、そうそう」

「なんですか？」

「千代ちゃんからも相談を受けたってことになるし、報告書、書いておいてね？」

……ほっこりするね。

もしかしたら、松原遥さんの問題は、僕達が関係することなく終わっていくのかもしれない。

実のところ、僕はそんな風に考えていた。

どんな事例であっても、機会と要望がなければ、僕達は関わることすらできない。その課題を知る機会。そして、当事者からの「手を貸してほしい」という要望がなければ。

僕達は神様じゃない。

困っている人を全て助けられるわけじゃない。

僕達が関わることで話がややこしくなってしまった、という事態だけは避けたいけれど、それもどうだろう。僕達は僕達で報告書を書き、評価と反省をするが、当事者の思いはそれとは別に存在している。

松原遥さんの場合、自殺未遂を起こしてしまっていて、入院している状態だ。もう病院のスタッフという専門家が付いているし、精神科の継続的な受診に繋がっていくことになるかもしれない。

こういった状況では、ソーシャルワーカーが関わることは少ない。十分な人数の専門家が介入しているからだ。

もちろん、本人の希望があれば別。精神科よりも気軽な相談窓口として活用してもらえば嬉しいし、今回は違うだろうけど、たとえば自殺の理由が経済的な困窮ならば、僕達の得意分野だ。実際問題、自殺の原因の何割かは貧困だと言われている。

でも、高校生の自殺未遂だと、どうだろうなあ……。

僕に何ができるだろう？

事務所の電話が鳴り響いたのが、僕が日常生活自立支援事業の利用者さんの収支表を作っていた午後のことで、地域課の島のパートさんが受話器を取って、すぐに課長へと取り次がれた。

そのまま課長は電話でしばらく話していたけれど、

「……今日ですか？　今日ですと、夕方四時以降でしたら、何時でも大丈夫ですよ」

という回答が耳に残った。

随分と急ぎの相談なんだな、というのが僕の感想。

通話を終えた課長は、僕に対し言った。

「松原綾さん、夕方に相談に来るって。今日は大学が三時までやから、四時くらいに」

「分かりました。同席しても構いませんか？」

「うん。そのつもりで伝えたことやし」

僕は相談室の予約を取りに行くことにした。

松原綾さんは、お母さんである松原洋子さんを連れて現れた。
センター内の相談室にお連れすると、洋子さんは「すみません、お騒がせしまして」と開口一番に謝罪の言葉を口にした。
珍しいな、と僕は思った。「ご迷惑をお掛けして、」「お時間をいただいて、」というお詫びは頻繁に聞くけれど、「お騒がせして、」という文句は一度も聞いたことがなかったからだ。

課長は、席を勧めつつ、

「こちらこそ、ご足労いただきまして、また、デリケートな問題にもかかわらず、ご相談いただきまして、ありがとうございます」

と頭を下げ、僕もそれに続いた。

お二人に名刺をお渡しし、自己紹介をする。いつものようにメモを取る許可を得てから、お話を伺うことにした。困り事の内容や、相談しようと思った理由を、改めて、最初から。

綾さんとお母さんは譲り合うように顔を見合わせていたが、やがて、お姉さんの方が話し始めた。

「お電話でお話ししたように、遥が自殺しようとして……。母が気付いて、大事には至らなかったんですが、今は精神科病院に入院しています」

「救急車を呼ばれたんですよね？」

「はい。処置をしてもらった後、精神科専門の病院の方に移してもらいました。事が事だったので、母が」

課長の問いにお姉さんが答えたかと思えば、今度はお母さんが言う。

「こういう相談する場所があって助かりました。救急車を呼んで騒ぎになってしまいましたから、家の周りでは、まだ……」

「さぞかし、ご心配のことだと思います。なかなか、人には言いにくいことですものね。相談していただき、本当に嬉しく思います」

次は綾さんの番だった。

「今は病院にいるんですけど、週明けには退院になりそうで……。大事に至らなかったのは良かったんですが……」

「難しいですよね、接し方は」

「私は大丈夫だと言ったんですけどね。こっちの娘の方が心配だって」

洋子さんが話に割り込むようにして告げると、何かの踏ん切りが付いたのか、一気に捲し立てる。

「昔から、変な子なんです。何を考えているのか分からなくて……。こっちの子は、ませていて、生意気な時期はありましたが、良い子だったんですが、遥の方は自分の気持ちも言わなくて……。成績は良いんですけど、今度は自殺なんてバカなことをして……！」

なるほどなあ……。

傾聴に徹する課長を後日に僕が考える。

相談に至る経緯やこの場での態度、口振りから察するに、姉である綾さんは、単に、自殺した身内への接し方が心配、というわけじゃなく、母親が的外れな接し方をしないか不安、なのだろう。

面談はかなり長引き、しかも、時には姉と母で険悪な雰囲気になったりもしたので、僕達は二人を落ち着かせ、それぞれの思いを聞き出すことに、随分と苦労した。

ほっこりするね、本当に。

定時をとっくに越えた夕方六時過ぎ。大半の職員が帰った事務所で、課長は問い掛けてきた。

「……どう思う？」

僕は「どうもこうも……」と応じる。

二時間近く話を聞いたというのに、最も重要な部分、つまり、「どうして松原遥さんは自殺を図ったのか」がまるで分からなかったからだ。

お母さんは子ども達に対し、心配性が過ぎて、強引なところもあるようだけど、それだけで死のうと決意するとは思えない。

うーん、いや、そういうこともあるのかな？

自殺もそうだし、僕が患っているうつや不眠症もそうなのだけど、決定的な要因が必ずしも存在するわけではない。

日々の、それだけでは些細な生き辛さ。ちょっとしたしんどさが積み重なって、息をしているのも難しくなる。息の仕方すら分からなくなる。そういうものだ。

難しい場面もあった面談だったけれど、明確に収穫と言えたのは、千代の面会を許可してくれたことだ。

『実は、遥さんの高校のお友達から、「先週、学校を休んでいて心配だ」という声を聞いているんです。できれば、お会いしたいと……』

折を見て、僕が挟み込んだその話題は、お母さんである洋子さんも、お姉さんである綾さんも、好意的に受け止めた。

聞くに、遥さんの交友関係は、お姉さんもお母さんも全く分からないらしいのだが、数少ない顔も名前も把握している友達というのが、静市野千代だという。

中学時代からの友人であることも知っているし、高校に入ってからも仲が良く、二人で遊びに行くことも多い、と。

お姉さんである綾さんは、学校でイジメを受けていたのではないか、と想像している部分もあったらしいけれど、「千代ちゃんならば会った方がいいと思います」と応じてくれた。

自分達、家族には何も話してくれないが、友人、特に千代ならば、話せることもあるだろう。そんな様子だった。

「まー、本人が嫌って言ったら別やけど、うん、そっちに関してはニノ君に任すわ」

帰り支度を進めつつ、草内課長は言った。

「松原さん達、まだ何回か面談で話聞かんとあかんとなーと思うし、それは私がやるから、千代ちゃんの方はお願い。しんどい場面もあるかもしれんしな……」

早よ帰りなよ、という言葉を残して、課長は去って行った。

……しんどい場面、か。

今回の件はまさにそうだけど、相談者さんのデリケートな問題に関わる以上、揉めることはある。

まだまだ僕は経験が足りないし、精神的な面での脆さも持っている。そういう意味での配慮だ。素直にありがたく思う。心労が祟って僕の方が自殺したら、職場は大迷惑だろうしね。

でも、だからこそ、任された仕事は全力を尽くしたい。

僕は僕なりに、できる範囲で。

「……でも、自殺した本人と会うのも、しんどいよなあ……」

一人で呟き、すぐに自省する。

僕が不安になってどうするんだ。

千代はもっと不安なんだから。

思うことは仕方ないとしても態度には出さないようにしないと。

翌日、僕は朝一で遥さんが入院している精神科病院に電話をした。

こちらが社会福祉協議会のソーシャルワーカーで、ご家族さんから相談を受けている旨を伝えると、病院の担当者は快く対応してくれた。けれど、友人との面会の可否については言葉を濁した。まあ、当然の反応。

『ご本人さんに確認して折り返しますので、お待ちいただけますか？』

回答の電話が来たのはお昼前だった。

『来られるのは、静市野千代さんですよね？　でしたら、短い時間なら構わないそうです』

「ありがとうございます。僕の方が同席しても？」

『それも短時間なら構わないと』

女性スタッフは端的に答える。

折角電話したわけなので、僕は訊ねる。

「松原遥さんの今の体調や予後はどうですか？」

病院側の説明によると、救急搬送の理由は手首を切ったことによる出血多量。一旦、救急車の受け入れ先に指定されている病院で処置を受け、命に別状はないものの、両親からの強い希望で精神科病院にしばらく入院することになったのだという。

予後、つまり医学的な観点からの見通しについては、難しい、とのことだった。

身体的な状態は良くなっているものの、肝心の自殺企図の理由を本人が話していない。原因が判明していない以上、病院としては、今の状況で退院することは勧めない、ということだ。

「切り傷は横でしたか？」

『いえ、縦のはずです』

だったら、余計に退院させるわけにはいかないな……。

精神医学において、自傷と自殺は明確に区別される。というのも、リストカットのような自傷行為はストレスが蓄積した結果、あるいは、その解消のために行われる側面があるからだ。防衛機制の一種、というわけ。

けれども、切り方が縦となると少し話は違う。

手首を縦方向に切る、ということは、腕に走る血管に沿って切る、ということであって、横方向に切るよりも動脈を傷付けやすい。そのことを知った上での行いならば、ストレスを軽減するための行為ではなく、死ぬために選んだ手段だった可能性がある。ストレスを軽減するための自傷行為ならば、ストレスを軽くして、生きていこうという気持ちが裏にあるのかもしれないけれど。

心の奥にあるはずの、「生きていたい」という気持ちすら押し潰すほどの何かが、あるのかもしれないのだから。

病院スタッフからの聞き取りで得た内容を報告すると、課長は、

「ニノ君なら大丈夫やと思うけど、言葉遣いには気を付けてね」

とアドバイスしてくれた。

既に本人は追い詰められている状況だ。こちらの言動で、余計に負担を掛けるようなことはしてはいけない。

友人と会わせることも危険性が伴うけれど、千代ならば構わない、と本人が言って

いるのだ。彼女にならら伝えられると思えるような関係性なのだろうか。彼女に伝えたい感情があったのだろうか。

静市野千代の携帯電話の番号を押す。

ワンコールで彼女は出た。

「短い時間なら、会ってもいい、って」

そう僕が告げると、千代は安堵したかのような、かと思えば、恐怖で震えているかのような、心情を察し難い声音で、『……そう』と小さく応じた。

自分と会ってもいいと言っている。

ということは、死にたいほど辛くても、自分のことは好きでいてくれている？

でも、そうじゃなかったら、どうしよう。

そうだったとしても、私はなんて声を掛ければいいだろう。

様々な想いが綯い交ぜになって、彼女自身、自分がどういう感情を抱いているのか、分からないんだと思う。

だからではないけれど、僕は告げる。

「送っていくことはできないけど、僕も一緒に行くから」

大人として、ソーシャルワーカーとして。

傍にいることだけはできるから。

松原遥さんが入院している精神科病院は、K町の隣、N市の山間部にあった。

僕も仕事で何度か訪れた経験がある。K町の周りでは、入院設備が整った精神科病院がそこしかないので、精神疾患を持っていらっしゃる利用者さんの事務関係で、お世話になることがあるのだ。

面会の日程は今日の夕方。

随分と急だけど、松原さんと千代が、「いつでもいい」と答えた結果だった。

どちらかと言うと大変だったのは僕の方。今日の夕方ということは、四時には仕事を片付けて、病院に向かわないといけない。しかも定時を越えるから超勤書類も書かないといけなくて、厳密に言うと市町を越えているので、出張届の提出も必要だ。

ただ、そういった手続きは柔軟にできるのがK町社協の強みで、超勤や出張に関する手続きは翌日以降で良くなった。

報告を受けた山手次長も、

「今日か？　急やな……」

と驚いていたが、「自分の都合が大丈夫やったら」「事故だけ気を付けてな」と了承してくれた。

町外で事故を起こすと保険の関係で面倒らしい。

僕は早々に仕事を片付けて、四時過ぎには職場を出た。

旧型のエブリイで府道を北上していく。大通り、街中を抜けて、北へ――山間部へと向かう。

精神科病院に着いたのは、約束の時間の二十分前。

千代は流石にまだ来ないだろう、と考えていたら、数分も経たずに彼女は病院のロビーへ現れた。

「こんにちは、千代さん」

「む、千代ちゃんね。早いね、ニノ君」

「早いのは千代ちゃんの方だよ」

タクシー使ったの！　と彼女は笑みを見せる。

最寄り駅から乗ったんだとしても、ワンメーターでは済まないだろうに……。友人に対する想いの強さが窺い知れるようだ。

「帰りはお母さんが迎えに来てくれるから安心して」

続けた千代は、受付お願い、と促した。

僕は、総合受付で自身と千代の名前、身分を名乗る。僕はK町社会福祉協議会職員、千代は入院患者の友達の高校生。受付スタッフは、「ご面会ですね」と応じ、担当者を呼ぶのでロビーで待つように指示した。

先ほどまで腰掛けていたソファーに再び腰掛けた僕に対し、彼女は隣に腰を下ろすと、「迷惑掛けて、ごめんね」と呟いた。

「迷惑じゃないし、前も言ったように、千代ちゃん達子どもは、僕達大人に迷惑を掛けていいんだよ。それは子どもの特権だ」

「ふーん……。じゃあ、大人の特権は？」

「過ちにも心を病まずに次、気を付けられること。……って、言えたら格好良いんだけど、実際は、『子どもに対して知った風に語ること』くらいじゃないかな？」

「む、何それ」

そんなものじゃない？

そして、子どもには、大人の言うことを聞かない特権もある。

そう理解した上で、少女に対して僕は告げる。

「千代ちゃん。いつだったかも言ったよね、僕は先生やお医者さんじゃないから命令したりはしない、って」

「助言はするけど？」

「そう、助言するだけ」

本当のことを言うならば。

そう、本当は、良いとか悪いとか、僕はなーんにも、分かっちゃいないんだ。

四年間、社会学と福祉について勉強して、社会福祉士の試験に受かって、社会福祉協議会の職員になって、沢山の人に出会って、色んな事例に触れて……。

それでも分からないことだらけだし、それでいいと思ってる。

大人だって分からないことはある。山ほどね。

特に、人生に関してはそうだ。だって、誰だって自分の人生があるんだから。たった一つの正しさとか、揺るぎない真理とか、そんなの僕には分からない。

だけど、そんな僕でも一つだけ言えることがある。

できる助言がある。

「千代ちゃん。多分ね、あなたは、友達に対して何を言えばいいいか、迷っていると思います」

小さく首肯した彼女に続ける。

「分かるよ。僕だって、同じ立場なら迷うもん。専門職としても、何を言えばいいか分からないくらいだから。でもね……」

でも。

だからこそ。

「だから、正しいこととか、良いとか悪いとかは、言わないでください。そういうことを口にするんじゃなく、千代ちゃんがどう感じたか、どう思ってるかを伝えてほしいと思います」

もう一度、千代は頷いた。

今度は、力強く。

すぐに担当職員がやって来た。

僕達はエレベーターに乗り、三階へと上がった。

一階にある面談室で話をする段取りになっていたのだが、松原さんには起き上がる気力すらないらしく、病室での面会に切り替えた、とのことだった。

「他の患者さんもおられますので、お静かにお願いしますね」

担当の女性職員は僕達にそう断りを入れると、病室の扉を開いた。

多床室は四人部屋で、松原遥さんは左奥のベッドだ。職員が「松原さん？」と声を掛けても無反応。区切りのカーテンを開いても、反応はないままだった。

中に、入る。

ベッドの上に横たわっていたのは、短髪の、可愛らしい顔立ちをした若者で、事前に「男友達だ」と聞いていなければ、女子だと勘違いしていたかもしれない。

「こんにちは」

「……ハル？」

僕達が傍らに腰掛けても、彼は黙ったままだった。

「しんどいところ、ごめんなさい。僕はK町社会福祉協議会の二ノ瀬と言います。千代さんの付き添いで来ました」

反応は、やはりない。

目は開けているようだが、返事すら億劫なようだった。

僕は、「名刺、ここに置いておきますね」と口にして、殺風景な病室の中でも更に殺風景な床頭台の上に名刺を置いた。

僕が言えることはもう、何もない。

中学校の頃の千代と同様に、事情が分からなければ何も言えない。僕達は助言しかしないけれど、今回は助言すらできない。彼の心情や彼の置かれた状況、自殺の理由を知らなければ。

でも、千代は違う。

「……ハル……」

少女は意を決して言った。

「ハルが生きてて、良かった……」

「…………」

「ハルは生きていたくなんかなかったかもしれないけれど……。私は、ハルとこうして会えて、嬉しいよ」

千代は続ける。

静かに、けれども、確かな想いを込めて。

言葉を紡ぐ。

「ごめんね、私、ハルのこと、何も知らなくて……。沢山悩んで、辛かったよね？ごめんね……っ……」

「…………」

「でもね、私が凄く心配してるってことは、知っててほしい……。ハルが死んだら、私は悲しいってことだけは、知っててほしいよ……！」

きっとそれは、静市野千代の偽らざる本心で。

正しさとか、良いとか悪いとか、常識や倫理観、あらゆる余計なものを取っ払った本音で。

彼女だって、分かっている。自殺を図るということは、それだけ、辛く苦しい思いをしているということで、「生きてほしい」と願うことすら押し付けであって、負担になるかもしれないことを。

分かった上で伝えているんだ。

心配しているよ、あなたが死んだら私は悲しいよ、と。

「……そっか……」

か細く、リノリウムに溶けて消えてしまいそうだけど、間違いなく聞こえたのは、千代の言葉に対する返答だった。

そうして、彼は確かにこう続けた。

「……ありがとう」

◇

面会はそれで終わりだった。

僕達は、来た時と同じようにエレベーターを使って一階に下りた。

「ああいった風にはっきりと反応されたのは、はじめてです」

担当の職員さんはそう感想を述べ、あの病室にいた少年と同じく、お礼の言葉を口にした。

僕は千代の迎えが来るまでの間、一緒に待つことにした。

「あんな言葉で、正しかったのかは分からないけど……。でも、心配してる、って言えて、良かった」

「正しさなんてどうでもいいよ」

僕は言う。

「一番大切なことは、君達が、君達自身の想いを伝えられることだから」

彼が自殺しようとした理由は、結局、分からないままだ。

だけど、死んでしまったら千代が悲しむ、ということは伝えられた。

そして、その想いを受け取った彼は「ありがとう」と言った。

それだけで十分だ。

これからゆっくりと考えて、選んでいけばいい。

生きる意味や理由、それぞれの人生について。

もしあなた達が望むのなら、僕達は手助けもできるから。

「……今日はありがとうね、ニノ君」

仕事モードのニノ君、ちょっとカッコ良かったよ。

そんな言葉を置き土産にして、彼女は母親の車で帰って行った。

……何をバカなことを言ってるんだか。

カッコいいのは千代、君の方だよ。

誰かの辛さなんて知らないフリ、見ないフリをしたって、良かったんだ。それが友達のものだとしてもそう。だって、僕達は自分のことで手一杯で、既に大変だから。

知ってしまえば、見てしまえば、背負い込むことになる。向き合わないといけなくなる。

相手をそこまで追い込んだのは、他ならぬ、自分かもしれないのに。

そうでなくとも、苦しみに気付かなかったことを罪だと言う人も、いるだろうに。

そんな風に自分自身を責めてしまうだろうに。

……それに、だ。

松原遥さんが自殺を図った理由には、千代も関係しているんじゃないのかな。

彼は静市野千代という少女のことが好きで、でも、その好意を伝えられないような、複雑な背景を持っているのかもしれない。あくまでも、僕の想像だけどね。

千代も、もしかしたら、何かを察していたかもしれない。

でも、なんにせよ、彼女はここに来た。

友達に会って、想いを告げた。

それはどんなに勇気のいることだっただろう?

「……ほっこりするね」

誰に言うでもなくそう呟いて、僕は公用車の方へと歩き出す。

ふと喫煙所の方を見ると、見知った顔があった。

学部の先輩であり、社会福祉士としても先輩のその人は、かなりの長身の男性で、纏う優しげな雰囲気もあって、会うのは久しぶりだったけど、すぐに分かった。

「鞍馬(くらま)先輩」

「お疲れ様、ニノ君。久しぶり」

片田舎の小学校の先生のような鞍馬先輩は、僕と同じくソーシャルワーカーで、僕の一つ上だ。隣町であるこのN市の社会福祉協議会に勤めていて、府の会議や研修では顔を合わせることも多い。

たまに遊びに行ったりするしね。

「今日は専門員の事務ですか？」

「ううん。今日は、後見人の方の事務。あと、知り合いが入院してるから、その身上監護かな。ニノ君は？」

「僕は面会の付き添いです」

「そっか」

ロングピースを咥えていた彼は、「吸う？」と問い掛けてくる。

折角だから一本受け取って、火を貰った。

「……ごほっ、……。……これ、キツくないですか？」

「キツいね。僕も時々、しんどくなる。これが甘くて美味しいって勧められたから吸ってるんだけど」

「誰が言ってたんですか」

「霖雨君。椥辻の」

「ヘビースモーカーじゃないですか！」

論文読みながらずっと煙草吸ってるような人のアドバイスなんてアテにできないよ！

「それにしても、先輩もしんどくなるなら、なんで吸ってるんですか？」

「言わなかったっけ？」

……聞いたことがあったかな？

鞍馬先輩は静かに語る。

「推理小説に出てくるような格好良い大人はさ、みんな、煙草を吸ってたからね。大人っていうのは、辛いことや悲しいことがあっても、煙草でも吸えば平気なんだって、小さい頃は思ってたんだよ」

「それで、先輩は平気になったんですか？」

いやまったく、と彼はおかしそうに笑った。

「……先輩」

「ん？　何かな？」

「先輩って、死にたくなったこと、あります？」

「ないよ」

「え、ないんですか？」

「覚えている限りだと一度もないかな」

「ない人っているんだ……」

僕なんて毎週のように死にたくなるっていうのに。

いや、毎日か？

でもね、と先輩は続けた。

「死にたい、って思う気持ちは分かるつもりだし、死にたくなるような無力感を覚えることは沢山ある」

その横顔は、僕と同じソーシャルワーカーとして、数え切れないほどの悲しみを見てきた者のそれであって、同時に、その悲哀を窺わせない、立派な大人としてのものだった。

忘れたくないな、と思う。

自分が抱いた苦しさも、誰かが見せた辛さも、人生の一部として大切にしていきたい。無関心でいたくない。痛みを感じる心さえ、宝物のようにして生きていきたい。

それが、僕が選んだ生き方。

……まあ、無理のない範囲で、だけど。

「先輩。今って時間あります？」

「あるよ。今日は直帰だから。何か用事かな？」

僕は先輩に千代のこと、そして彼女の友人である松原遥さんのことを話した。もちろん、二人の名前は伏せて、個人は特定できないように気を付けてだ。

話を聞き終わった先輩は、「難しいね」と、素直な感想を漏らした。

「今から言うことが二ノ君の助けになるかは分からないけれど……。僕はね、僕達に自殺を止めることなんて、できないんじゃないかと思う時があるんだよ。……ううん、違うな。止めるべきですらないんじゃないかと思うんだよ」

「なるようにしかならない、ってことですか？」

「そこまで悲観的な話じゃないよ。僕は人間を信じているから」

吸い終わった煙草を灰皿に押し付け、続ける。

「自殺を止めても、それは、その時死ぬことをやめさせただけ。『死なないでほしい』って伝えても、それは、僕達の想いを伝えただけ。……僕達はね、多分、手助けしかできない」

「生きていく手助けですか？」

「それもだし、生きていこう、って思う手助け。生きてみようかな、生きていたいな、と思える人生を選ぶ手助け。自殺を止めることより、そっちの方がきっと、大切なことなんだよね」

本人が「生きたい」と、「生きていてもいいかな」と、思えるようにならなければ、根本的な解決にはならないんじゃないか。先輩が言っていたのはそういうことだった。

人はそれぞれ、自分の人生を生きている。

自分だけの人生を。

僕達ができることは、きっと、その人が躓いたり、蹲ってしまった時に、手を差し伸べること。それだけだ。手を取るかどうかはその人の自由だし、その人の人生を生きていけるのは、その人だけなのだろう。

「先輩」

「何？」

「高校生の男の子が自殺未遂をしたとして、原因ってなんだと思います？」

「さあ……。なんだろうね？　話せば、少しは何か、分かるかもしれないけど」

話せば分かるんだ、流石だな……。

鞍馬先輩は非常に観察眼に優れていて、そういう部分も僕は尊敬していた。

そんな彼は言った。

「中学、高校って、多感な時期だからね。改めて、自身の性別を自覚する。日々生きる中、友達との違いを思い知る。はじめて、人を好きになる。キスやセックスも、することがあるかもしれない」

そこには、多分。

僕達大人が忘れてしまった、色んな苦悩や戸惑いがある。

「僕達は何も決め付けず、知ったような顔もせず、ただ相談相手の一人として存在しているだけで、十分なんじゃないかと思う」

「……そうですね」

きっとそれが僕達(ソーシャルワーカー)のやるべきことだ。

◇

その後の話は、ここではしないでおこうと思う。

松原遥さんが自殺を図った理由について、僕はひょんなことから知ることになったけれど、それはつまり、「千代から話を聞き、面会に同行しただけでは、事態の詳細について分からなかった」ということだ。

ソーシャルワーカーとしての僕が、松原遥さんを、どれくらい手助けできたのかは分からない。

それでも、千代は僕に「ありがとう」と言ってくれたし、彼女が友人と向き合う手助けをできたんだとしたら、それで十分なんじゃないかと思っている。

でも、一つだけ言っておこうかな。

松原さんも、そして千代も。一ヵ月経っても、十二月になっても、年が明けても、生きていた。

今も、生きている。

彼等はそれぞれの思いを抱いて、彼等だけの人生を生きている。

もしも今後、彼等が何か、困った時があって、その時、たまたまでもいいから僕のことを思い出して、「頼ってみようかな」と思ってくれたなら、僕はとても嬉しく思う。

【松原　遥】——課題発見（アウトリーチ）

僕はソーシャルワーカー

僕は『ソーシャルワーカー』という格好良さげな名称の仕事に就いているけれど、正直に話してしまうと、深い理由があって、この職業を選んだわけじゃない。

だから、もし劇的な話を期待している人がいたなら、今の内に謝っておきたい。

ごめんね、大した背景はないいんだよ。

僕こと二ノ瀬丞は、京都府のある市に生まれた。

職場のあるK町のお隣の街だ。

三人姉弟（きょうだい）の末っ子で、年が離れていたこともあって、両親からも、姉からも可愛がられて育った。でも、僕のことを一番構ってくれていたのは飼い猫だったかもしれない。懐かしいね。

実家のリビングには、僕が猫を捕まえて抱っこしている写真が飾られている。

二ノ瀬家は兼業農家で、どちらかと言うと、古い感じの家だった。自宅の造りもそうだし、長男が代々家を継いでいることとか、三世代同居ってこともそうだ。

両親は公務員だった。周りの大人も公務員が多かったので、幼い頃、僕は仕事というのは公務員と農家しかないと思っていた。今考えると、とんでもない勘違いだ。バカなんじゃないのかな、小さい頃の僕。

あ、田舎には相対的に公務員の人間が多い、ってことを説明したら、幼き日の僕の勘違いも納得してもらえるかな？

これは単純な話で、飲食店が一つもない自治体があったとしても、役所や小学校、交番が存在しないことはまずない。公共サービスに携わる人間はどの地域でも一定数存在するから、人口が少なく、産業が少ない農村部は、相対的に公務員の数が多くなるんだよね。

父親も母親も地方公務員だったから、僕はごくごく自然に、「自分も将来、公務員になるだろうな」と考えていた。

実際には社会福祉協議会の職員という、微妙に公務員じゃない職に就いているから、予測は外れたと言っていいだろう。社協職員は準公務員と呼ばれることもあるけれど、まあ、「団体職員」くらいが妥当な紹介だと思っている。

じゃあ、なんで地方公務員じゃなく、社協職員になったのか？　と訊かれたら、それは最初に述べた通りで、全然深い理由はないんだ。

本当に話すほどでもない動機だから、今後、小学校や中学校の福祉学習で「どうして社会福祉協議会に就職したんですか？」と質問された時のために、良さげな理由を考えておかないと……。

大人っていうのは嘘吐きな生き物なのだ。

僕がその少年を見つけたのは、訪問先からの帰り道、自転車で川沿いの道を走っている時だった。

◇

少年は河川敷に寝転がっていた。

九月の上旬に祝日があった覚えはないし、第一、制服姿だ。

学校が休みで寝ているのなら制服を着ている意味が分からない。一瞬だけ、「創立記念日か？」とも思ったが、そんなわけがない。創立記念日で休みの学校なんて、生まれてこの方、現実で見たことない。

学生のサボりなんて見逃しても良かったけれど、折角なので、声を掛けてみることにした。

「こんにちは」

挨拶された少年は、何事かと思ったようだが、とりあえず返事をしないといけないと思ったらしい。こんにちは、と小さな声で返してくる。挨拶には挨拶で返す。今時の子は良い子ばかりだな。

制服は僕が昔着ていたものと同じデザイン。

つまり、後輩だ。

後輩の少年は如何にもバツが悪そうな顔をして、サッと立ち上がり、この場を去ろうとする。

「まあまあ、そう警戒しなくたっていいじゃないか。少し話そうよ」

「話、ですか……？」

「うん。学校に行けとか言うつもりはないし、学校に知らせたりもしないからさ」

少年は、渋々、といった風にその場に座った。

僕も隣に腰を下ろした。

「お兄さん、役場の人ですか？」

「いや、社協の人だよ」

「社協……？」

「社会福祉協議会。まあ、そんなことはどうでもいいや。学校、行きたくないのか？」

僕の問いに少年はどう答えるか悩んだようだった。

だが、すぐに、

「……行きたくないわけじゃない」

と口を開いた。

「でも、どうしても行く気になれない日があるんです」

「何か嫌なことがあるとか？」

首を振る少年。

違うらしい。

「……分からないんです、僕にも」

「それはちょっと、大変だな」

「そう思いますか？」

意外そうに彼が問い返してくるので、「大変だろう」と応じる。

「だって、理由を訊かれても、答えられないってことじゃないか。でも、両親や学校の先生は、『どうして学校に行きたくないの？』って訊ねてくるだろう？　大変そのものだ」

自分ですら答えが分からず、悩んでいるというのに、他人から「どうして？」と問われれば、さぞかし大変だろう。

どうして？　と聞きたいのはこっちだと言いたくなるはずだ。

そして、そういう辛さや苦しさは、ほとんどの人に伝わらない。

「……勘違いしてほしくないのは、学校には、行きたいんです。みんな、分かってくれないけど……」

「好きな子がいるとか？」

「違います！」

眉間に皺を刻み反論してくるので、冗談だよ、と宥めた。

ちょっとからかってみただけだ。

「勉強が好きなんです」

「へえ。凄いな、それ」

「そうですか？」

「ほとんどの大人は勉強が嫌いだし、子どもの頃も勉強してなかったよ。みんな、上手い感じに隠してるだけだ」

大人は嘘吐くの上手いからな。

僕も含めて。

それは偏見だと思いますけど……、と呆(あき)れつつ、少年は続ける。

「国語と社会が好きなんです。面白いし、テストも簡単だから……」

「それは君が頭が良いからじゃないか？　授業を面白く感じているのなら、それに越したことはないが」

「友達と遊ぶのも好きですし……」

「へえ、いいじゃないか」

「……でも……」

でも、と制服姿の少年は言う。

時々、どうしても嫌になる時があるんだ、と。

「言い表せないくらいに不安になって、人と会うのが怖くなる……。親しい人だと、特に嫌で……。きっと、分からないだろうけど……」

少年は俯く。

唯ぼんやりとした不安か、と言うと、「芥川」と小さく返す。

博学な少年だ、勉強が好きと自称するだけはある。

「申し訳ないけれど、君の言う通り、僕には分からないな」

そう告げて、僕は立ち上がる。

次の仕事もある、そろそろ事務所に帰らないと。

「そう、ですよね……」

「でも分かることもある」

それは自明で、明白過ぎるが故に、気付きにくいこと。

「それはね、君がここにいる、ってことだ」

抽象的な話や、哲学的な議論をしたいわけじゃない。

僕が伝えたいのは、あまりにも単純な真実だ。

「君は言い表しようのない不安を抱えて、泣きたかったり、苦しんだりもする中で、そんな対処の難しいものを抱きながらも、ここまで来た。それでも朝起きて、着替えて家を出て、ここまで歩いてきた」

お父さんやお母さんに怒られたからかもしれない。

嫌々だったかもしれない。

結局、学校には行っていない。

けれど、ここまで歩いてきたことだけは間違いがない。

「君の不安は、僕には分からない。でも、君が朝起きたこと、着替えたこと、家を出たこと、ここまで来たこと……。どれもが少しずつ、でも途轍もなく凄いことだってことだけは、僕にも分かる」

「そんなこと、誰でもできるのに？」

「大事なのは誰かじゃない、君だろう？　大事なのは、君が、自分の人生を、自分で選んで、自分で生きていけるかだ。違うかな？」

僕の言葉を聞いて、少年はどう思ったのだろうか。

彼は沈黙を守っていたが、

「ありがとう」

と、そう、小さく口にした。

どういたしまして。

少しでも楽になったのなら、何よりだ。

「ところで、お兄さんは社協？　の人なんですよね？」

「そうだね」

「それって、どんな仕事なんですか？」

僕は胸を張って言った。

「ソーシャルワーカーさ」

「ソーシャル、ワーカー……？」

「そう。僕はソーシャルワーカー。君みたいに、ちょっと困っていたり、生き辛いなと思っていたりする人を、手助けする仕事をしている。君みたいな子の力になれたらなと、いつも思っている」

腕時計に視線を落とす。

おっと、もうこんな時間か。

「大人の言うことなんて、適当に聞き流せ！　それが子どもの特権だ！　僕の言うことも含めてだぞ！」

「あなたの言うことも、ですか？」

「当然だ！」

僕だって大人だからね。

嘘吐きなのさ。

「じゃあな、二ノ瀬少年！」

「はい、じゃあ……って、僕、名乗りましたっけ？」

「何言ってんだ、胸に名札が付いているだろ！　じゃあな！」

僕はサドルに跨って、ペダルを漕ぎ始める。

あの二ノ瀬という少年の不安も、悩みも、僕には分からない。

けれども、彼はきっと、自分の人生を歩いていける。

根拠もなく、僕はそう思った。

◇

河川敷にレジャーシートを敷いて寝転がっていると、「二ノ君！」と僕を呼ぶ、聞き慣れた声が耳に届いた。

……おかしいな、今日は平日のはずなんだけど。

隣にやってきた少女、千代は、

「二ノ君はいつも暇そうだねー」

と、あの子犬のような笑みを見せた。

身体を起こし、僕は訊ねる。

「千代さん、今日は、」

「む、千代ちゃん！」

「……千代ちゃん、今日は平日のはずだけど」

「今日は私の高校、創立記念日で休みなんだー」

当たり前のように嘘を吐くなよ。

創立記念日が休みの学校なんて現実で見たことないぞ。

「む、疑ってる？」

「疑ってないよ、限りなく確定的に嘘だろうと思ってるだけだよ」

「それ、疑ってるどころか嘘吐きだと思ってるじゃん。……嘘だよ、嘘嘘。今日は中間テストで、お昼までだったの」

ああ、なるほど。試験日程か。そんなものもあったね。

すっかり忘れていた。

……学生の日常を忘却しつつあることに、歳月の経過を感じ、ちょっとだけ悲しくなる……。

年取ったなあ、僕。

「で、ニノ君の方はサボり？」

「今日は午後休なんだ。休日出勤の振り替えでね」

「へー。そんなのもあるんだ」

それより、今更だけどこの子、「いつも暇そう」とか言ってなかった？

まあいいけど。

暇そうに見えることは事実だし。

「そう言えばさ、ニノ君は、どうして今の仕事をしてるの？」

「え？」

「あ、えっと、今の仕事を選んだ理由を知りたいな、って。ニノ君はソーシャルワーカーだよね？」

「そうだよ。僕はソーシャルワーカー」

千代は言う。

「これまで小説の参考のために、色々と話を聞こうとして、結局、一度もほっこりする話を聞けたことはないけど……。考えてみると、ニノ君がその仕事を選んだわけを質問したことがなかったな、って」

どうして今の仕事を選んだのか、か。

答えるのは吝かじゃないけど、小説の参考になるような劇的なエピソードを期待しているなら、とても困る。

僕が経験した多くの事例がそうであるように、人生は劇的ではなく、ゆっくりと過ぎていき、ソーシャルワーカーとして手助けできるのは、その人の長い生活のほんの一部だ。

……って、彼女には僕が経験した出来事を話したことがないんだっけ。

「僕の両親は公務員で、僕も漠然と、自分も大きくなったら公務員になるんだろうな、って思ってたんだよ」

「ふむふむ」

「でも、大学を卒業する年、うちの市役所、職員募集をしてなかったんだよね」

「それで？」

「他の職場を探して、一番近い求人がK町社協だった」

「……え？　それだけ？」

「うん、それだけ」

「む、嘘だー！　絶対、他に理由あるよ！」

「ないよ。そんなもんだよ、仕事なんて」

他にも理由は確かにあるけれど、それはそう、語るまでもないこと、ってやつだ。

……中学生の頃、河原で出会った、あのソーシャルワーカー。

彼は名乗りもしなかったし、何をしてくれたわけじゃないけれど、僕は少しだけ、救われた。僕が抱いていたのは大した悩みじゃなかったし、彼の言葉も大した内容ではなかったけど、中学生の僕は間違いなく救われたんだ。

『ソーシャルワーカー』という職を知れたのも、彼がいたお陰だ。

そうして大学に進学する頃には分かっていたんだけど、僕はどうやら、人助けをすることが好きらしい。

というよりも、誰かの手助けをして、その人に「ありがとう」「お陰様で助かった」と言われると、ほっこりするまで頑張った甲斐があったなと思う。嬉しいな、と思うのだ。

確かに地元の市役所の求人はなかったけど、K町役場の求人はあったし、公務員になろうと思えばなれた。

けれど僕はもっと身近に、色んな人と接したかった。

沢山の人を手助けできたら素敵だなと思った。

だから、社会福祉協議会のソーシャルワーカーを選んだんだろう。

……でも、こんな内容、とても他人には言えない。

「人のため」とか、「人助けが好き」とか、恥ずかしくて、真面目な顔では言えないよ。なんだか、僕が底なしの良い奴みたいじゃないか。そんなことはないっていうのにね。

僕は横になって、夢見る少女に告げる。

「千代ちゃんにも分かる時が来るよ。大抵の大人はね、なんとなく、その仕事をやってるんだよ。生活していかないといけないからね」

「む、そうなのかなあ……？」

「だから、千代ちゃんが小説家を目指す理由は、大切に、覚えていた方がいいよ。そういう素敵な動機を持っている人は稀だから」

「そう？」

「そうだと思うよ？」

「そうかなあ……」

いまいち納得できないという風で、僕の隣にしゃがみ込む千代。

僕はこの会話を締め括るように、こう続けた。

「……僕がソーシャルワーカーを目指した理由があるとしたら、それは大したことじゃない。単に、」

「単に？」

そう、それはとても単純で。

語るまでもない当たり前のこと。

「僕自身、色んな人に優しくされたから、受け取った優しさを別の誰かに返していければいいな、って、そう思っただけだよ」

「……ニノ君ってさ」

千代は悪戯っぽく笑い、言った。

「実は、凄く良い人だよね」

「……実は、ってなにさ、実は、って。いや、僕は良い人じゃないけどさ」

「良い人は大体そう言うんだよ？」

「人助けは仕事だからやってるだけだよ」

「じゃ、仕事じゃなかったら私のことは助けてくれないの？」

「それは……。助けると思うけど……」

「ほらー」

「大人をからかわないの！」

「む、こんな時だけ大人面しないの！」

「……なんで僕、怒られたんだ？」

　まったく。

　ほっこりするね。

　僕の名前は二ノ瀬丞。
　K町社会福祉協議会に所属するソーシャルワーカーだ。

困り事を抱えた人を手助けする仕事をしている。

あとがき

はじめましての方ははじめまして、そうではない方はいつもお世話になっております。吹井賢です。

京都市内に住んでいた頃、堀川五条の歩道橋から、夜中の静かな街を見るのが好きでした。そこから西にしばらく行ったところにあるバッティングセンターもたまに行ったんですけど、もう閉店しちゃったんですね。

さて、この作品は、ソーシャルワーカー（あるいは社協職員、CSW）が主人公ですが、言うまでもなく、登場するエピソードは架空のものです。実在の人物・団体とは一切関係がありません。ですが、様々な事例を踏まえ、「リアリティーのある話」を作ったつもりです。フィクションではあるものの、登場する制度や事業、理論等は実在のものです。二ノ瀬の「困った時に頼ってくれたら更に嬉しく思う」は全てのソーシャルワーカー共通の思いじゃないかな、と考えています。

コロナ禍において、各市町村社協が特例貸付の窓口となったことは、頻繁に報道されましたが、まだあまり知られていない職種だと思います。この作品がソーシャルワーカーの周知に寄与できればいいな、なんて、大それたことを思っていたり……。

最後に簡単ながら謝辞を。

イラストを担当してくださった玉川(たまかわ)しぇんな様、二ノ瀬の素敵なイラストをありがとうございました。デビュー作である『破滅の刑死者』から変わらずお世話になっている担当のAさん、ありがとうございます。いや本当に、お待たせしました。意見をくださった編集のBさんもお世話になりました。久々の新作の刊行に当たり、ご助力をいただいた関係者の皆様にも、この場を借りて御礼(おれい)を申し上げたいと思います。いつも素敵な実況動画で楽しませてくれる曽田(そだ)すかいさん、カワウソ先生他、皆様、本当にありがとうございます。鬱で何もできない中の、数少ない気分転換になりました。

スペシャルサンクスとして、友人T。法学部卒として、色々と相談に乗ってくれてありがとう。助かりました。

また、同じくスペシャルサンクスとして、昨年に他界した実家の猫。ずっと支えてくれてありがとう。大好きだよ。

この作品が、読者の皆様の一時の楽しみになれば、それが作者にとって最高の喜びです。それでは、吹井賢でした。

吹井　賢

参考文献

『支援困難事例と向き合う』岩間伸之／著（中央法規出版）
『キーワードと22の事例で学ぶ　ソーシャルワーカーの仕事』遠塚谷冨美子、豊田志保、野村恭代／編著（晃洋書房）
『「現代の貧困」とナショナル・ミニマム』金澤誠一／編著（高菅出版）
『社会学小辞典〔新版増補版〕』濱嶋朗、竹内郁郎、石川晃弘／編（有斐閣）
『社会福祉学』平岡公一、杉野昭博、所道彦、鎮日真人／著（有斐閣）
『福祉社会――包摂の社会政策〔新版〕』武川正吾／著（有斐閣）
『社会福祉士養成シリーズ　現代社会と福祉』児島亜紀子、伊藤文人、坂本毅啓／編（東山書房）
『新・社会福祉士養成講座19　権利擁護と成年後見制度〔第3版〕』社会福祉士養成講座編集委員会／編（中央法規出版）
『新・社会福祉士養成講座7　相談援助の理論と方法Ⅰ〔第2版〕』社会福祉士養成講座編集委員会／編（中央法規出版）
『夜は短し歩けよ乙女』森見登美彦／著（角川文庫）

『反自殺クラブ　池袋ウエストゲートパークⅤ』石田衣良／著（文春文庫）

ほか、左記ウェブサイトを参考にさせていただきました。

厚生労働省「自殺対策」

厚生労働省「自殺未遂患者への対応　救急外来（ER）・救急科・救命救急センターのスタッフのための手引き」日本臨床救急医学会

明治安田生命「名前ランキング」

一般社団法人全国フードバンク推進協議会「フードバンクとは」

福祉新聞「苫小牧市社協が行う『犬猫一時預かり』が好評　入院の高齢者に安心感」

一般社団法人日本伴走型支援協会「伴走型支援とは」

PRESIDENT Online「接続詞を『別れ言葉』にしている…　『さよなら』という4文字を米国人作家が『最も美しい言葉』と評したワケ」

（最終閲覧日2023年7月3日）

<初出>

本書は書き下ろしです。

この物語はフィクションです。実在の人物・団体等とは一切関係ありません。

◇◇メディアワークス文庫

ソーシャルワーカー・二ノ瀬丞の報告書

吹井 賢

2024年3月25日　初版発行

発行者　山下直久
発行　株式会社KADOKAWA
〒102-8177　東京都千代田区富士見2-13-3
0570-002-301（ナビダイヤル）
装丁者　渡辺宏一（有限会社ニイナナニイゴオ）
印刷　株式会社暁印刷
製本　株式会社暁印刷

Printed in Japan
ISBN978-4-04-915624-9 C0193

メディアワークス文庫　https://mwbunko.com/

本書に対するご意見、ご感想をお寄せください。

あて先
〒102-8177　東京都千代田区富士見2-13-3
メディアワークス文庫編集部
「吹井 賢先生」係

◇◇◇